鳥羽 亮

三《さん》狼《ろう》鬼《き》剣《けん》

剣客旗本奮闘記

実業之日本社

実業之日本社文庫

三狼鬼剣《さんろうきけん》　剣客旗本奮闘記　目次

寛永寺
車坂町
卍廣徳寺
浅草寺
卍
東本願寺
卍
吾妻橋
上野
三枚橋
浅草
並木町
下谷
駒形町
諏訪町
下谷長者町
御徒町通り
青井市之介の屋敷
下谷練塀小路
糸川俊太郎の屋敷
佐々野彦次郎の屋敷
伊庭道場
そば屋
瓦町
料理屋 浜富
神田佐久間町
笹川
福井町
茅町
本所
新シ橋
和泉橋
柳原通り
豊島町
浅草御門
柳橋
両国広小路
亀戸
奥州街道
両国橋
回向院
竪川
紺野町
岩井町
馬喰町
米沢町
横山町
元町
一ツ目橋
相生町
二ツ目橋
緑橋
薬研堀
平永町
亀井町
橘町
汐見橋
栄橋
大川
日本橋
千鳥橋
田所町
久松町
大伝馬町
富沢町
高砂橋
高砂町
堀江町
小川橋
伊勢町
新大橋
浜町
安田屋
親父橋
組合橋
室町
浜町堀
日本橋本町
小名木川
日本橋
小網町
江戸橋
荒布橋
南茅場町
深川
行徳河岸
上ノ橋
八丁堀
今川町
仙台堀
楓川
永代橋
佐賀町
鳴海屋
亀久橋
白魚橋
稲荷橋
油堀
山本町
門前仲町
富ヶ岡八幡宮
汐見橋
入船町
佃島

三狼鬼剣
江戸地図
前田家上屋敷
不忍池
菊坂町
下谷広小路
湯島切通町
湯島天神
本郷
湯島
中山道
水道橋
神田明神
湯島聖堂
神田川
金沢町
駿河台
昌平橋
筋違御門
小川町
小柳町
大草主計の屋敷
須田町
神田多町
神田
神田鍋町
一ツ橋御門
四谷御門
麴町
江戸城
半蔵御門
呉服橋
桜田御門
赤坂御門
山下御門
山下町
山城河岸
紀伊国橋
東海道
三十間堀
新シ橋
木挽橋
木挽町

図版作成／ジェオ

〈主な登場人物〉

青井市之介……二百石の非役の旗本。青井家の当主

つる……市之介の母。御側衆大草与左衛門（故人）の娘

佳乃……市之介の妹

茂吉……青井家の中間

大草主計《かずえ》……千石の旗本

市之介の伯父。御目付。

小出孫右衛門……大草に仕える用人

糸川俊太郎……御徒目付。市之介の朋友

佐々野彦次郎……御小人目付。糸川の配下

野宮清一郎……北町奉行所、定廻り同心

吉松剛之介《ごうのすけ》……大柄な武士。折身突きを得意とする

阿部勝次郎《かつじろう》……中背の武士。剛剣の主

伊勢田栄助《いせだえいすけ》……痩身の武士

三狼鬼剣《さんろうきけん》

剣客旗本奮闘記

第一章　必殺の突き

1

大川《おおかわ》の川面《かわも》が、永代橋《えいたいばし》の彼方までつづいていた。大川は月光を映じて淡い青磁《せいじ》色《いろ》の波の起伏を刻みながら流れ、彼方の江戸湊の黒ずんだ海原に呑まれている。明るいうちは、猪牙舟《ちょきぶね》、屋形船、箱船などが行き交っているのだが、いまは船影もなく轟々《ごうごう》という流れの音だけが聞こえていた。

暮れ六ツ（午後六時）過ぎだった。深川佐賀町《ふかがわさがちょう》の大川端をふたりの武士が、足早に歩いていた。日中は人通りの多い通りだが、人影もなく通り沿いの店も表戸をしめてひっそりとしていた。

「森川《もりかわ》どの、増右衛門《ますえもん》は何も言いませんでしたね」

若い石塚紀太郎《いしづかよしたろう》が、歩きながら声高に言った。小声だと、大川の流れの音で掻き消されてしまうのだ。

「増右衛門は、何か隠しているようだったな」

そう言って、森川谷之助《やのすけ》が足を速めた。

ふたりは、佐賀町にある材木問屋、鳴海屋《なるみや》が幕臣と思われる武士に大金を脅し取られたとの噂を耳にし、店の者に話を聞いた帰りだった。

森川は鳴海屋のあるじの増右衛門から話を聞いているとき、増右衛門が言葉をつまらせたり、狼狽の色を見せたりしたのを思い出したのだ。

森川と石塚は、幕府の御小人目付《おこびとめつけ》だった。御小人目付は、御徒《おかち》目付の配下で、主に御目見以下の幕臣を監察糾弾《きゅうだん》する役である。したがって、幕臣に不正や犯罪の疑いがあれば、調査や探索などもおこなう。

「もうすこし、探ってみるか」

森川が言った。

「はい」

そんなやり取りをして歩いているうちに、永代橋が眼前に迫ってきた。大川端の通りは、夕闇が濃くなっている。

「遅くなったな。急ごう」

森川の足がさらに速くなった。

ふたりの屋敷は、神田紺屋町《かんだこんやちょう》にあった。永代橋を渡ってから、日本橋の町筋をかなり歩かねばならない。

そのとき、石塚が、

「柳の陰にだれかいます」

と、うわずった声で言った。

見ると、大川の岸際に植えられた柳の樹陰に人影があった。そこは暗く、男か女かもはっきりしなかった。

「夜鷹《よたか》ではないか」

森川は足をとめなかった。

夜鷹でなかったとしても、相手はひとりだった。それに、紺屋町に帰るには、永代橋を渡らなければ遠回りになる。

石塚も、歩調をゆるめずに森川の後ろからついていく。

そのとき、柳の陰から人影が通りに出てきた。武士である。小袖に袴姿で、二刀を帯びていた。黒布の頭巾《ずきん》をかぶっている。

「つ、辻斬り！」

石塚が喉のつまったような声で言った。

「おれたちを襲う気か」

森川は、辻斬りがひとりで、ふたりの武士を襲うとは思えなかった。しかも、森川たちは、金持ちには見えない武士である。

頭巾をかぶった武士は通りのなかほどに足をとめ、森川たちの行く手をふさぐように立った。大柄な男である。

「も、森川さん、店の陰にも！」

石塚が左手の表戸をしめた店の脇を指差した。

「ふたりだ！」

店の脇の暗がりに、ふたつの人影があった。

すぐに、ふたりの武士が通りにあらわれ、石塚と森川の方に駆け寄ってきた。

ふたりとも、小袖に袴姿だった。やはり、黒頭巾で顔を隠している。

ふたりのうちのひとりは、森川たちの背後にまわり、もうひとりは前に立っている武士に近付いた。三人で、森川たちを襲うつもりなのだ。

……逃げられない！

である。

と、察知した森川は、

「石塚、大川を背にしろ！」

と叫びざま、大川の岸際に走った。背後から攻撃されるのを防ごうとしたので
すぐに、石塚も大川を背にし、森川の左手に立った。

そこへ、石塚たちの右手からふたりの武士が、左手から背後にまわったひとり
が走り寄った。

森川の前に立ったのは、大柄な武士だった。石塚の前には中背の武士が立ち、
もうひとりの痩身の武士は、森川の右手にまわり込んだ。

「何者だ！」

森川が鋭い声で誰何《すいか》した。

「名乗るほどの者ではない」

大柄の武士が、くぐもった声で言った。夕闇のなかで、双眸《そうぼう》が底びかりしてい
た。獲物を狙う猛禽《もうきん》のような目である。

「われらを、目付筋の者と知っての狼藉《ろうぜき》か」

森川は刀の柄《つか》に右手を添えた。

「問答無用！」

言いざま、大柄な武士が抜刀した。

つづいて、右手の武士と石塚の前に立った武士も刀を抜いた。どうやら、三人の武士は、石塚たちのことを知っての上で待ち伏せていたようだ。

「おのれ！」

森川も抜刀した。

石塚も抜き、正面に立った中背の武士に切っ先をむけた。石塚の目がつり上がり、切っ先が震えている。真剣で斬り合った経験はないようだ。

2

森川と大柄な武士の間合は、およそ三間――。

まだ、一足一刀の斬撃の間境《まざかい》の外である。森川は青眼《せいがん》に構え、切っ先を大柄な武士の目線につけた。隙《すき》のない、腰の据《す》わった構えである。

森川は、一刀流の遣《つか》い手だった。真剣勝負の経験もある。

対する大柄な武士は、八相《はっそう》に取った。切っ先を後方にむけ、刀身を担ぐように構えている。

……遣い手だ！

と、森川は察知した。

大柄な武士の構えには隙がなく、巨岩が迫ってくるような威圧感があった。

森川の右手に立った痩身の武士は、青眼に構え、切っ先を森川にむけていた。

痩身の武士もなかなかの遣い手らしい。構えに隙がなく、腰も据わっていた。ただ、森川との間合は、三間半ほどあった。おそらく、大柄な武士と森川の闘いの様子を見てから、斬り込むつもりなのだ。

「いくぞ！」

大柄な武士が声をかけ、森川との間合をつめ始めた。足裏を摺《す》るようにして、ジリジリと間合を狭めてくる。

……構えが、変わる！

森川は、大柄な武士の構えがすこしずつ変わってくるのを目にした。

ふたりの間合がつまるにつれ、大柄な武士の八相に構えた刀身が、ゆっくりと弧を描き、切っ先が上空にむけられ、すぐに下がってきた。

間合がつまるにつれ、切っ先が森川の頭上からさらに下がり、森川の目線に近付いてきた。

森川は、大柄な武士が八相から青眼に構えなおしたとみたが、そうではなかった。大柄な武士の切っ先はさらに下がり、森川の胸の辺りにむけられたのだ。

「この構えは！」

思わず、森川は声を上げた。

大柄な武士は、刀身を下げただけではなかった。切っ先が下がるのにあわせて腰を沈め、上体を前に屈《かが》めるように体を倒してきたのだ。

森川が大柄な武士の切っ先と体の動きに気を奪われているうちに、いつの間にか大柄な武士は斬撃の間境に迫っていた。

……折身《おりみ》か！

大柄な武士は右足を前に出し、上体を前に屈めていた。上体を前に折ったような格好で、顔を上げている。折身と呼ばれる身構えである。

そのとき、森川の目に、大柄な武士の顔がまぢかに迫り、面に隙があるように見えた。

刹那《せつな》、森川の全身に斬撃の気がはしった。

イヤアッ！

裂帛《れっぱく》の気合を発し、森川が斬り込んだ。

青眼から振りかぶりざま、真っ向へ――。

次の瞬間、森川の臍《へそ》のあたりにつけられていた大柄な武士の切っ先が、跳ね上がった。一瞬の太刀《たち》捌《さば》きである。

森川の真っ向へ振り下ろされた刀身と、大柄な武士が跳ね上げた刀身が交差し、シャッという鎬《しのぎ》の擦れ合う音がした。その瞬間、森川の刀身は弾かれ、大柄な武士の刀身が前に伸びた。

次の瞬間、大柄な武士の切っ先が、森川の喉を突き刺した。

森川は、グッと喉のつまったような呻《うめ》き声を洩らし、背をそらせて首を後ろに倒した。

一瞬一合の勝負だった。森川は喉を切っ先で突かれ、森川の切っ先は大柄な武士の肩先をかすめて空を切った。

ふたりの動きがとまった。

森川は下から喉をつかれたまま、その場につっ立ち、大柄な武士は両膝を折って体を低くしたまま、森川の喉を突いた刀の柄を握りしめている。

グラッ、と森川の体が揺れた。

すると、大柄な武士は身を引き、切っ先を森川の喉から引き抜いた。

森川の喉から、血が奔騰《ほんとう》した。森川は血を撒きながら前によろめき、爪先を何かにとられて転倒した。

俯《うつぶ》せに倒れた森川は四肢を痙攣《けいれん》させていたが、悲鳴も呻き声も聞こえなかった。すでに意識はないのかもしれない。

森川の首から噴出した血が流れ落ち、赤い布をひろげるように地面をおおっていく。

大柄な武士は、森川の脇に立ち、

「折身突き……」

と、つぶやいた。双眸が夜陰のなかで、青白く底びかりしている。

石塚は青眼に構え、中背の武士に切っ先をむけていた。腰は浮き、切っ先が震えている。

対する中背の武士も、青眼に構えていた。隙のない構えで、剣尖《けんせん》が石塚の目線につけられている。

ふたりの間合は、三間ほどにつまっていた。中背の武士が、足裏を摺るようにしてジリジリと石塚との間合をつめている。

そのとき、森川が地面に倒れる音がした。

石塚は刀を構えたまま森川に目をやり、血塗《ちまみ》れになって倒れている森川を目にすると、顔がひき攣《つ》ったようにゆがんだ。

石塚は悲鳴を上げ、左手にまわり込んで逃げようとした。

「逃がさぬ！」

中背の武士が、踏み込みざま袈裟《けさ》に斬り込んだ。

一瞬の太刀捌きだった。切っ先が逃げようとしていた石塚をとらえた。

ザクリ、と石塚の肩から背にかけて着物が裂けた。あらわになった肌に血の線がはしった次の瞬間、赤くひらいた傷口から血が迸《ほとばし》り出た。

石塚は前によろめき、足がとまると、腰から崩れるように転倒した。

「たわいもない」

中背の武士がつぶやき、刀に血振《ちぶ》り（刀身を振って血を切る）をくれると、ゆっくりと納刀した。

「長居は無用」

大柄な武士が、ふたりの武士に声をかけた。

三人の武士は、足早にその場を離れた。

いつの間にか闇が濃くなり、夜陰が森川と石塚の死体を包み隠していた。凄絶な闘いがあったのを物語るのは、川風に漂っている血の濃臭《のうしゅう》だけである。

3

「いい陽気だなァ」

青井市之介《あおいいちのすけ》は、庭に面した縁側で大欠伸《あくび》をした。

春の陽射しが庭に満ち、芽吹いた若草が微風《そよかぜ》に揺れていた。二羽の雀が、チュン、チュンと鳴きながら、地面で餌を啄《ついば》んでいる。

市之介は朝餉《あさげ》の後、やることもないので居間で寝転がっていたが、退屈して縁先へ出てきたのである。

市之介は二十代半ば、二百石の旗本、青井家の当主である。まだ、独り者だった。非役のため、仕事がないのだ。

市之介には、これといった道楽も趣味もなかった。旗本とはいえ、二百石では内証《ないしょう》は苦しく、無聊《ぶりょう》を慰めに吉原《よしわら》や料理屋などに出かけて散財するほどの余裕もない。それで、屋敷でごろごろしていることが多くなるのだ。

市之介は目鼻立ちのととのった顔をしていたが、どことなく間の抜けた感じがした。毎日怠惰な暮らしをしていることが、顔に出ているのかもしれない。

市之介が縁側で庭を眺めていると、障子があいて、つるが姿を見せた。つるは、市之介の母親である。

「市之介、だいぶ暖かくなりましたねえ」

つるが、間延びした声で言った。

つるは、四十代後半だった。色白で首が長く、ほっそりした体付きをしている。何となく、つるに似ていた。四年ほど前に、夫の四郎兵衛《しろべえ》が亡くなり、いまは寡婦《かふ》である。

青井家は、三人家族だった。市之介とつる、それに妹の佳乃《よしの》である。佳乃も、屋敷内にいる。何をしているか分からないが、市之介とつるのやり取りを耳にして縁先に出てくるかもしれない。

「いい陽気で、眠くなります」

市之介が言った。

「ねえ、上野《うえの》の桜は、咲いたかしら」

つるが市之介に身を寄せて言った。どうやら、つるは上野の山にお花見に出かけたいらしい。

「まだ、ですよ」

市之介が、素っ気なく言った。つるの魂胆はみえていた。佳乃も連れてお花見に出かけ、帰りに料理屋にでも立ち寄って美味《おい》しい物でも食べるつもりなのだ。

市之介は、女二人の供をして花見になど行きたくなかった。それに、青井家には花見などで散財できる余裕はない。

「そうかねえ。もう咲いたと、思うけど」

つるが間延びした声で言った。

つるはおっとりした性格だった。どこかおおようで、感情的になったり、慌てたりすることがすくなかった。

そのとき、慌ただしそうに廊下を歩く足音がした。佳乃の足音である。

……来たな。

と、市之介は思った。佳乃は、縁先で市之介とつるが話しているのに気付いたのだろう。

すぐに障子があいて、佳乃が顔を出した。佳乃は十七歳、年頃だが、まだ子供らしいところもある。色白で、ふっくらした頬をしていた。母親とちがって肉付きがよく、胸も豊かだった。それに、少々慌てものである。

「兄上、お見えです」

佳乃が、市之介の顔を見るなり言った。色白の頬が朱に染まっている。どうやら、花見の話で来たのではないらしい。

「だれが来ているのだ」

「さ、佐々野《ささの》さまです」

佳乃が声をつまらせて言った。

「彦次郎《ひこじろう》か」

佐々野彦次郎は、御小人目付だった。彦次郎は若く、目鼻立ちのととのった端整な顔立ちをしていた。

佳乃は、ときおり青井家に顔を出す彦次郎を好いているらしかった。その彦次郎と、佳乃は玄関先で、顔を合わせたらしい。

「そ、そうです」

「すぐ行く」

彦次郎は、何か火急の用件で来たにちがいない、と市之介は思った。

佳乃が市之介の後をついてきながら、「兄上、佐々野さまに、上がってもらってくださいね。お茶ぐらい差し上げないと」と、慌てた様子で言った。つるも、佳乃の後からついてきた。

「話を聞いてからだ」

市之介が玄関に出ると、彦次郎が立っていた。急いで来たらしく顔が紅潮し、汗が浮いていた。

「どうした、彦次郎」

すぐに、市之介が訊《き》いた。

「御小人目付が、ふたり斬られました」

彦次郎がうわずった声で言った。彦次郎も、御小人目付である。

「ふたりな」

市之介がつぶやくような声で言った。市之介にとって、御小人目付が何人斬られようが、何のかかわりもない。

「糸川《いとかわ》さまに、青井さまに知らせろと言われて来たのです」

糸川俊太郎《しゅんたろう》は、御徒目付だった。彦次郎は糸川の配下である。

市之介は糸川より二つ年下だったが、剣術道場で同門だった。ふたりが通ったのは、御徒町《おかちまち》にあった心形刀流《しんぎょうとうりゅう》の伊庭軍兵衛《いばぐんべえ》の道場である。ふたりは同じころ入門したこともあり、いまでも朋友《ほうゆう》のように接していた。そうした間柄だったこともあり、市之介は糸川がかかわった事件に、何度か手を貸したことがあったのだ。

「場所はどこだ」

市之介は、彦次郎といっしょに行く気になっていた。女ふたりのお花見の話から逃れられるし、退屈凌《しの》ぎになるとみたのである。

「佐賀町の大川端です」

「深川か」

「はい」

「行かねばならぬな」

市之介は、つると佳乃に目をやり、

「聞いたとおりだ。すぐに、深川へ行く」

と言って、踵《きびす》を返した。大小を取りに、座敷にもどったのである。

4

青井家の屋敷は、下谷《したや》の練塀小路《ねりべいこうじ》近くにあった。

市之介と彦次郎は、神田川《かんだがわ》沿いの通りから和泉橋《いずみばし》を渡って柳原《やなぎわら》通りへ出た。そして、大川にかかる両国橋《りょうごく》を渡り、大川沿いの道を南にむかった。

新大橋《しんおおはし》のたもとを過ぎ、仙台堀《せんだいぼり》にかかる上《かみ》ノ橋《はし》を過ぎると、永代橋が間近に見えてきた。その辺りから、深川佐賀町である。

佐賀町に入っていっとき歩くと、

「あそこです」

彦次郎が前方を指差して言った。

大川の岸近くに人だかりができていた。近所の住人や通りすがりの者が多いようだが、武士の姿も目に付いた。糸川たち目付筋の者が集っているらしい。

人だかりに近付くと、八丁堀《はっちょうぼり》同心の姿も目に入った。八丁堀同心は、小袖を着流し、羽織の裾を帯に挟む巻羽織と呼ばれる独特の格好をしているので、遠目にもそれと知れるのだ。

「野宮どのがいる」

市之介が歩きながら言った。野宮清一郎《せいいちろう》は、北町奉行所の定廻《じょうまわ》り同心だった。

市之介は事件の現場で、何度か野宮と顔を合わせていたので知っていたのだ。

市之介と彦次郎が、人だかりのなかにいる糸川に近付くと、糸川が市之介たちに気付き、「青井、ここに来てくれ」と言って、立ち上がった。

市之介と彦次郎は人垣を分けて、糸川に身を寄せた。

「見てくれ、森川谷之助だ」

糸川が足元を指差した。

武士がひとり俯せに倒れていた。首の周辺に激しく血が飛び散っている。

「森川は、首を突き刺されている」

糸川が眉を寄せて言った。

「突きか……」

市之介は、倒れている森川の脇に屈み、森川の肩先を掴んで、すこしだけ身を起こした。

森川は喉を突かれていた。深い傷である。首からの出血で、顔や胸の辺りが、どす黒い血に染まっていた。首の他に、傷はなかった。森川は首への一撃で、仕留められたらしい。

「刀で突かれたようだ。相手は、武士だな」

市之介が小声で言った。

「おれもそうみた。それも、遣い手だな」

糸川によると、殺された森川は剣の遣い手だったという。その森川を、下手人は首への突きの一太刀で仕留めたのである。

「もうひとりは」

市之介は、彦次郎から、御小人目付がふたり殺されたと聞いていた。

「あそこだ」

糸川が指差した。

すこし離れたところに、別の人だかりができていた。そこにも、羽織袴姿の武士が何人かいた。御小人目付と御徒目付らしい。それに、野宮もそこにいた。野宮のまわりには、岡っ引きや下っ引きと思われる男が何人か集っていた。

「いっしょに殺された石塚も見てくれ」

そう言って、糸川が先にたち、別の人だかりに足をむけた。

石塚は、岸際の叢《くさむら》のなかに横臥《おうが》していた。両眼をカッと見開き、口をあんぐりあけたまま死んでいた。

「斬られたのは、背後からだ」

糸川が言った。

市之介は、横臥している石塚の背後にまわってみた。肩から背にかけて斬られていた。深い傷で、截断《せつだん》された鎖骨《さこつ》が傷口から覗いていた。こちらは、背後からの一撃で仕留められたらしい。

「斬った者は、剛剣の主だな」

市之介が言った。

「森川と石塚を斬った者は別人らしい」

糸川によると、この場に来てから御小人目付たちが、近所で聞き込み、たまたま近くを通りかかった大工が、森川たちが斬られるところを目にしたという。

「その大工は、この先の長屋に住んでいるらしいが、仕事帰りに一杯飲んで、暗くなってから通りかかったらしい」

糸川が言い添えた。

「すると、ふたりで、森川と石塚を斬ったのだな」

「いや、それが三人らしい。……大工の話では、武士が三人で、森川たちふたりを取り囲んでいたとのことだ」

「武士が、三人な。……そやつら、何者なのだ」

市之介は、三人の武士が辻斬りとは思えなかった。喧嘩でもないだろう。となると、三人は、森川と石塚を御小人目付と知っての上で襲ったのではあるまいか。

「分からぬ」

糸川は首を捻《ひね》った。

「森川と石塚だが、何か調べることでもあって深川に来ていたのか」

市之介が声をあらためて訊いた。

「そうだ」

糸川は市之介に身を寄せ、

「佐賀町にある材木問屋、鳴海屋がな、幕臣とみられる武士に、大金を脅し取られたという話があり、鳴海屋へ訊きにきた帰りなのだ」

と、声をひそめて言った。

「鳴海屋な」

市之介は、鳴海屋を知らなかったし、大金を脅し取られた話も聞いていなかった。

「これまでも、同じ事件にかかわった目付筋の者が襲われたことはあるのか」

市之介が訊いた。

「いや、ない」

すぐに、糸川が答えた。

市之介と糸川はいっとき石塚の死体を見た後、立ち上がり、人垣の外に出た。

すると、定廻り同心の野宮が近付いてきて、

「殺《や》られたのは、ふたりとも糸川どのの配下のようだな」

と、小声で言った。

野宮は、糸川も知っていた。幕府の目付筋の者は、事件現場で八丁堀同心と顔を合わせることがあったのだ。幕府の目付筋と町方は、事件によって反目し合うこともあったが、糸川は野宮と気心の知れた仲だった。

「下手人は三人、いずれも武士のようだな」

野宮が、岡っ引きが近所で聞き込んできたことを言い添えた。

「そのようだ」

糸川がうなずいた。

「それで、町方の出る幕ではないと思ってな。しばらく、そちらにまかせ、様子

をみるつもりだ」

野宮が糸川と市之介に目をむけて言った。

町奉行が支配するのは、江戸市中に住む町人だった。幕臣は、それぞれの頭が支配し、各大名の家臣は、大名の支配下にある。したがって、町奉行は幕臣の犯罪者を捕らえ、処罰することはできないのだ。

「承知した」

糸川がちいさくうなずいた。

それから、糸川は御小人目付たちを集め、あらためて近所で聞き込みをするよう指示した。また別のふたりに、森川家と石塚家に行って知らせ、ふたりの遺体をそれぞれの屋敷に運ぶよう命じた。

御小人目付たちがその場を離れると、

「青井、また手を貸してくれ」

と、糸川が小声で言った。

「い、いや、おれは……」

市之介は、非役の身で、首をつっ込むことはできない、と喉から出かかったが、慌てて呑み込んだ。また、糸川たちといっしょに、事件にあたることになるかもしれない、と思ったのだ。

5

市之介が、朝餉の後、縁側の奥の座敷で書見をしていると、縁先で「旦那さま、旦那さま」と呼ぶ声がした。

茂吉《もきち》らしい。茂吉は青井家に仕える中間《ちゅうげん》である。

通常、旗本は奉公人から、殿さまと呼ばれる。ところが、茂吉は、市之介のことを旦那さま、と呼んだ。ときには、旦那、と呼ぶこともある。

青井家は旗本だが、二百石で非役だったので、暮らしぶりは御家人と変わらなかった。それに、市之介は旗本として出仕することがなかったので、中間とはいえ茂吉は、下男のような仕事をしていた。それで、殿さまとは、呼びづらかったのかもしれない。市之介も、呼び方などまったく気にしていなかった。

青井家の奉公人は、茂吉の他に、通いの女中のお春《はる》、飯炊きの五平《ごへい》がいるだけである。

「なんだ、茂吉」

市之介が障子越しに訊いた。

「旦那さまのお耳に入れておきてえことがありやす」

茂吉が言った。

「そうか」

市之介は立ち上がり、障子をあけて縁側に出た。

縁先に立っていた茂吉は、市之介に身を寄せ、

「旦那、知ってやすか」

と、声をひそめて言った。いつの間にか、旦那さまが、旦那になっている。

「何の話だ」

「材木問屋の鳴海屋ですよ」

茂吉が目をひからせて言った。

茂吉は五十がらみだった。猪首《いくび》で、妙に顔が大きかった。げじげじ眉で、唇が分厚かった。悪相の主だが、慌て者で気のやさしいところもある。

「鳴海屋がどうしたのだ」

「ちょいと、探ってみたんでさァ」

「なんで、おまえが探るのだ」

「旦那のかかわった事件を、あっしが何もしねえで見てるわけにはいきませんや」

茂吉が、身を乗り出すようにして言った。

どういうわけか、茂吉は捕物好きだった。市之介が事件にかかわると、まるで岡っ引きにでもなったような気になって、嗅ぎまわるのだ。もっとも、青井家の屋敷内で掃除だの草取りだのをしているより、おもしろいのかもしれない。

「それで、何か知れたのか」

市之介が訊いた。

「鳴海屋の奉公人から聞いたんですがね。鳴海屋は、千両ちかくも脅し取られたようですぜ」

「なに、千両も脅し取られたと」

千両は大金だった。ただの脅しではないだろう。

「へい、それも、店に来て、金を脅し取ったのは、二本差しだそうでさァ」

茂吉が顎を突き出すようにして言った。得意そうな顔である。

「うむ……」

市之介は、森川と石塚もそうした噂を耳にして、鳴海屋に話を聞きにいった帰りに襲われたのではないかと思った。となると、森川たちを襲ったのは、鳴海屋から金を脅し取った武士になりそうだが。

市之介が虚空に目をとめて黙考していると、障子をあける音がし、「兄上」と呼ぶ声が聞こえた。

振り返ると、佳乃が座敷に入ってきた。

「兄上、小出《こいで》さまがみえてますよ」

すぐに、佳乃が言った。

「どこにいる」

小出孫右衛門《まごえもん》は、市之介の伯父、大草主計《おおくさかずえ》に仕える用人である。

大草は市之介の母親のつるの実兄だった。つるは、大草家に生まれ、青井家に嫁いだのである。

旗本の大草家は、千石の大身だった。しかも、つるの父親の大草与左衛門《よざえもん》は、幕府の御側衆まで出世した。御側衆の役高は五千石であり、つるが育ったころ、大草家は五千石の実入りがあったわけだ。

つるが金に頓着なく、おおように暮らしているのも、そうした恵まれた家に生まれ育ったからであろう。

いま、つるの兄の大草主計は御目付の要職にあり、糸川たち目付筋を束ねている。

「客間で、母上と話してます」

佳乃が言った。

市之介は縁先にいる茂吉に、

「茂吉、無理をするな。森川たちの二の舞いだぞ」

と、声をかけ、佳乃につづいて座敷を出た。

客間に行くと、つるが小出と話していた。小出は、兄である大草の使いで、青井家にときおり顔を出したので、つるとは話が合うようだった。

小出は、市之介と顔を合わせるとすぐに、

「青井さま、息災そうでなによりでございます」

と、丁寧な物言いで挨拶した。

小出は還暦にちかい老齢だったが、老いは感じさせず、矍鑠《かくしゃく》としていた。肌も血色がよく、艶《つや》があった。

「小出も、息災そうだな」

市之介は、小出の前に腰を下ろした。

「はい、御蔭様で、いたって丈夫でございます」

小出が笑みを浮べて言った。

「それで、用件は」

まさか、世間話をしに来たわけではあるまい、と市之介は胸の内でつぶやいた。

「殿から、青井さまをお連れするように、仰せつかってまいりました」

小出が慇懃《いんぎん》な物言いをした。

「これからか」

市之介は、佐賀町で御小人目付がふたり殺された件ではないかと思った。

「はい、殿は昼過ぎに、お城からもどられるとのことでした」

「伯父上の仰せでは、いかねばなるまいな」

市之介は腰を上げた。

大草家の屋敷は、神田小川町《おがわまち》にあった。市之介の屋敷から神田川沿いの道に出て、西にむかえば、小川町まですぐである。

6

市之介は、小出とともに神田川沿いの通りを経て小川町に入った。そして、大名屋敷や大身の旗本のつづく通りをいっとき歩くと、大草家の屋敷の門前に出た。千石の旗本屋敷らしく、門番所付きの豪壮な長屋門を構えている。

小出は門番の若党に話してから、表門の脇のくぐりから市之介をなかに入れた。そして、屋敷の奥の座敷に案内した。そこは、大草が市之介と会って、話をするときに使われる座敷である。

「殿は、すぐにお帰りになるはずです。しばらく、お待ちくだされ」

小出はそう言い残し、座敷から出ていった。

それから、小半刻（三十分）も過ぎたろうか。市之介が痺れを切らしていると、廊下をせわしそうに歩く足音がし、障子があいて大草が姿を見せた。

大草は小袖に角帯姿だった。下城した後、裃《かみしも》を着替えたのであろう。大草は市之介を待たせたと思ったらしく、慌てた様子で座敷に入ってきた。

大草は五十がらみだった。つると似ていて、ほっそりとしている。武芸などには縁のなさそうな華奢な体付きである。

大草は市之介が挨拶をしようとするのを制し、

「すまぬ。待たせてしまったな」

そう言って、市之介の前に腰を下ろした。

「どうだ。つると佳乃は、息災かな」

大草は市之介と顔を合わせると、決まってつると佳乃のことを訊く。

「ふたりとも元気です」

市之介も、いつもと同じように答えた。

「それはなにより。……実は、市之介に頼みがあってな」

大草の顔が、ひきしまった。市之介にむけられた細い目には、能吏《のうり》らしい鋭いひかりが宿っていた。やり手の御目付らしい顔付きである。

「深川で御小人目付の森川と石塚が殺されたことは、知っているな」

「はい」

やはり、そのことか、と市之介は思った。

「目付筋の者から報せがあったのだが、森川たちふたりを斬った武士は三人、しかも腕が立つそうではないか」

大草は糸川から報告を受けたようだ。

「それがしも、三人は腕のたつ武士とみています」

「三人は幕臣とみておるのか」

大草が、市之介を見すえて訊いた。

「まだ、何とも言えませぬ」

市之介は、森川たちを襲った三人は幕臣のような気がしたが、まだはっきりしたことは分からなかった。

「いずれにしろ、此度《こたび》の件はわしら目付筋の者が始末をつけねばならぬ。すでに、目付筋の者がふたりも斬られているからな」

大草の顔に憂慮の翳《かげ》が浮いた。

「いかさま」

市之介も、目付筋の者が始末をつけるしかないとみていた。いまのところ、町方は手を引いているようだし、このままでは森川たちを襲った三人は、さらに悪事を重ねるかもしれない。

「市之介、糸川たちに手を貸して、森川たちを襲った一味の者を捕らえてくれい」

大草が声をあらためて言った。

「伯父上、それがしは非役でして、目付筋の者ではございません」

市之介は、はっきりと言った。

市之介はこれまで何度も、大草の依頼で糸川たちとともに幕臣のかかわった事件の探索や下手人の捕縛などに当たってきたが、報われることはなかった。それに、大草が手を貸せと依頼するのは、命懸けの仕事ばかりである。特に、此度の件は腕のたつ森川でさえ、無残に斬殺されているのだ。

「市之介、おまえは二百石を喰《は》んでおるのだぞ。それなのに、何のご奉公もしておらぬ」

大草の声が大きくなった。

「……」

市之介は口を結んだまま視線を膝先に落とした。いつも、大草が口にする台詞《せりふ》だった。市之介は胸の内で、何も仕事をしないのは、自分のせいではない。お上が、非役のまま放置しているのではないか、とつぶやいた。

「おまえには、二百石に相応《ふさわ》しい役柄についてもらおうと、幕閣に働きかけているのだが、なかなかな」

大草の声が、急に静かになった。

市之介は、その台詞も何度か聞いていた。ちかごろは、伯父上は口だけで、何もしてないのではないかと疑っている。

「どうだ、市之介、目付組頭《めつけくみがしら》は」

大草の声に、重いひびきがくわわった。

「……！」

市之介は、顔を上げて大草を見た。いつもの大草の物言いとちがう。本当に目付組頭に推挙するつもりかもしれない。

「目付組頭の役高は、二百俵だからな。……不服か」

「とんでもございません。お役につけるならば、市之介、命懸けで出精《しゅっせい》いたします」

そう言って、市之介は深々と頭を下げた。

市之介は、御目付の大草が配下の目付組頭に推挙するというのだから、確かな話だと思ったのである。それに、目付組頭で手柄を立てれば、御目付は無理でも、さらに高禄の役柄に出世できるかもしれない。

「では、此度の件、手を貸してくれるな」

大草が念を押すように言った。

「むろんです。糸川どのとともに、何としても森川どのたちを襲った者たちを捕らえます」

「それを聞いて安堵した」

大草はそう言うと、懐から袱紗《ふくさ》包みを取り出し、

「此度は、これはいらないかと思ったのだがな。……つると佳乃に、何かうまい物でも食わせてやってくれ」

と言って、袱紗包みを市之介の膝先に置いた。

袱紗包みには、いつもと同じように切餅が四つ包んでありそうだった。切餅は紙で一分銀を百枚、方形《ほうけい》につつんだ物である。四つで、百両だった。

大草は市之介を呼んで、事件の探索を頼むとき、いつも報酬として百両手渡していた。大草の胸の内には、青井家に援助してやりたい気持ちがあって、市之介に目付筋の探索を手伝わせ、その報酬という名目で渡していたのだ。

「伯父上のご恩、市之介、終生忘れませぬ」

市之介は袱紗包みを手にすると、額に押しつけるようにして深々と頭を下げた。

7

「旦那さま、お出かけですかい」

市之介が屋敷の玄関から出ようとすると、茂吉が腰をかがめ、揉み手をしながら近寄ってきた。

「そこまでな」

市之介が素っ気なく言った。

「旦那さま、天下の旗本が、供も連れねえで出歩いちゃァいけねえ。ようがす、てまえがお供いたします」

茂吉はそう言って、市之介の背後にまわった。

「勝手にしろ」

市之介は、どうせ、茂吉も暇を持て余しているのだろう、と思い、茂吉の好きなようにさせることにした。

市之介は、和泉橋のたもとで糸川たちと会うことになっていた。屋敷に顔を出した彦次郎に、言伝を頼んだのである。

和泉橋のたもとの岸際に、三人の武士が立っていた。糸川、彦次郎、それに顔を見たことはあったが、名は知らない武士である。

市之介が糸川たちに近付くと、

「御小人目付の成瀬甚之助《なるせじんのすけ》だ」

糸川が、同行した武士を紹介した。

「成瀬甚之助です。青井さまのことは、以前から存じておりました」

そう言って、成瀬は市之介に頭を下げた。

成瀬は三十がらみであろうか。面長で、顎がとがっていた。細い目に、切っ先のようなひかりが宿っている。

市之介も名乗った後、

「糸川とは、若いころから付き合いがあったのだ」

そう言っただけだった。ふたりのかかわりを話すと長くなる。

「青井、どうだ、そばでもたぐりながら話すか」

糸川が市之介に言った。人通りの多い橋のたもとに立ったまま、話すわけにはいかないと思ったようだ。

「笹川《ささがわ》はどうだ」

市之介が言った。

笹川は佐久間町《さくまちょう》の神田川沿いにあるそば屋で、市之介たちが集って相談するとき、利用することがあった。

「いいな」

糸川は、すぐに同意した。

市之介たち四人は、笹川の二階の小座敷に腰を落ち着けた。茂吉は、一階の追い込みの座敷でそばを頼み、市之介たちを待つことになった。

糸川が注文を聞きにきた小女に、そばと酒を頼んだ。酒は喉を潤す程度に飲むことにしたのだ。

小女が座敷から去ると、市之介が、

「伯父上から、糸川たちに手を貸すよう、話があったのだ」

と、切り出した。糸川たちは、市之介の伯父が、御目付の大草であることは、承知している。

「ありがたい。此度の件は、何人もの腕のたつ武士がかかわっているようだし、簡単には始末がつきそうもないからな」

糸川はそう言った後、

「成瀬から、これまでのことを話してくれ」

と、成瀬に指示した。どうやら、成瀬に事件の経緯を話させるために連れてきたようだ。成瀬は、以前から此度の件を探っていたのだろう。

「それがし、襲われた森川どのたちと、鳴海屋の件にあたっていたのです」

成瀬はそう前置きして、これまでの経緯を話しだした。

材木問屋の鳴海屋は、幕臣と思われる武士たちに千両もの大金を脅し取られたという。はっきりしたことは分からないが、武士たちは幕府が営中の修繕のために鳴海屋から調達した材木に関して不正があったことをとりあげて脅したらしい。

「鳴海屋は、幕府の御用で材木を調達したことがあるのか」

市之介が訊いた。

「あるようです」

「それにしても、千両とはな」

鳴海屋は材木問屋の大店《おおだな》だが、千両は大金であろう。

「それで、脅した武士は、作事方にかかわりのある御家人とみたのです」

成瀬が言った。

「そうみるだろうな」

幕府の造営や修繕にかかわる者でなければ、そうしたことは知らないだろう、と市之介もみた。

「はたして、そうした脅しがあったのか、確かめるためもあって、森川どのと石塚どのは、鳴海屋へ出かけて話を聞いたのです。その帰りに……」

成瀬が無念そうな顔をして視線を膝先に落とした。

そのとき、店のあるじと小女が、酒とそばを運んできた。市之介たちは、まず酒で喉を潤した。

「それにしても、手が早いな」

市之介が、猪口の酒を飲み干してから言った。森川と石塚は、鳴海屋に様子を訊きにいっただけで、脅した武士たちまで探索の手を延ばしたわけではない。探索にあたる目付筋の者たちを始末するにしては、早過ぎる気がした。

「実は、それがしも、鳴海屋の奉公人から話を聞いたことがあるのです。……鳴海屋から金を脅し取った者たちは、われら目付筋の手が鳴海屋に延びているとみたのではないでしょうか」

成瀬の顔に、憂慮の翳があった。

「そうかもしれんな」

市之介が口をつぐむと、

「懸念があるのだ」

と、糸川が顔をけわしくして言った。

「懸念とは」

「今後、われらが鳴海屋を探ると、森川や石塚と同じように、襲われるのではあるまいか」

「うむ……」

市之介は、当然そう思う者はいるだろうと思った。

つづいて口をひらく者がなく、座敷が重苦しい沈黙につつまれた。

「おれが、探ってみようか」

市之介が言った。

「青井がか」

糸川が市之介に目をやった。

「そうだ。おれなら、目付筋の者とは思わないはずだ」

「だが、それでは、青井の身が……」

糸川が戸惑うような顔をした。

「なに、それと知れないようにうまくやるさ」

市之介は、鳴海屋に乗り込んで話を聞くのは、様子が知れてからでいいと思った。

「青井、無理するなよ」

糸川の顔に懸念の色が浮いた。

その日、市之介は、糸川たちから鳴海屋の件で、これまで探ったことや探索にあたっている他の目付筋の動きなどを聞いてから笹川を出た。

8

市之介が笹川を出ると、店の脇で茂吉が待っていた。糸川たちは、別の材木問屋にあたって鳴海屋のことを訊いてみる、と言って、深川にむかった。

「茂吉、外で待っていたのか」

市之介が、茂吉に声をかけた。

「旦那、そばだけじゃァ、長くはいられませんや」

茂吉が渋い顔をして言った。

「屋敷に帰るか」

市之介は、鳴海屋の探索にあたるのは、明日からにしようと思った。

「旦那、お屋敷に帰《けえ》るのは、まだ早《はえ》え」

茂吉が西の空に目をやって言った。

「そうだな」

陽はまだ高かった。八ツ（午後二時）ごろではあるまいか。

「これから、深川まで行ってみやすか」

茂吉が意気込んで言った。

「うむ……」

市之介も、いまから屋敷に帰ってもやることがないと思った。茂吉も、同じ思いであろう。

「行ってみるか」

「へい」

ふたりは、和泉橋の方へ足をむけた。和泉橋を渡り、柳原通りに出てから、両国橋を渡って深川へむかうつもりだった。

市之介は両国橋を渡り、大川端の道に出てから、

「茂吉、鳴海屋を探っていることを知られないように動けよ」

と、釘を刺した。下手に嗅ぎまわって、森川たちを手にかけた者たちに知れると命はないとみたのだ。

「承知してやす。……旦那も気をつけねえと、殺られやすぜ」

茂吉が目をひからせて言った。岡っ引きにでもなったつもりでいるらしい。

「油断はせぬ」

市之介は、それ以上言わなかった。

ふたりでそんなやり取りをしているうちに、仙台堀にかかる上ノ橋を渡って佐賀町に入った。

前方に永代橋を見ながら歩くと、油堀《あぶらぼり》にかかる橋が近付いてきた。その橋のたもとから油堀沿いの道に入っていっとき歩くと、鳴海屋が見えてきた。

鳴海屋は、土蔵造りの大きな店だった。店の脇には、材木をしまう倉庫もあった。通りを隔てたすぐ前の油堀には、専用の栈橋もあった。材木を舟で運ぶための栈橋であろう。

市之介と茂吉は、鳴海屋の手前まで来て足をとめた。

「店に入って話を訊くわけには、いかないな」

市之介は、いずれ店の者から聞かねばならないと思ったが、まだ持ち駒は何もなかった。店の者から聞くのは、多少様子が知れてからである。

「旦那、桟橋に船頭がいやすぜ」

茂吉が指差した。

見ると、店の手代らしい男が五人の船頭に指示して、舟で運んできた材木を桟橋に下ろしている。

「奉公人もいるのか。奉公人は、口止めされているのではないかな。それに、いま桟橋に下りていったら、仕事の邪魔になる」

市之介は、話を訊いてもまともに答えないのではないかと思った。

市之介と茂吉が、油堀の岸際に立ってしばらく様子を見ていると、舟から下ろした材木を店の倉庫に運び終え、奉公人と三人の船頭が店にもどり、桟橋に残っているのは船頭がふたりだけになった。

ふたりの船頭は船梁《ふなばり》に腰を下ろし、煙管《きせる》で莨《たばこ》を吸っている。一休みして、またどこかへ出かけるのかもしれない。

「旦那、あのふたりに訊いてみやすか」

茂吉が言った。

「そうだな」

「ここは、あっしにまかせてもらえやすか。旦那が、訊いたんじゃァ、公儀のお調べと、ばれちまいやす」

「茂吉、公儀の目付筋とばれないように、うまく聞き出せるか」

市之介は、まだ船頭にも目付筋と知られたくなかった。

「まかせてくだせえ」

茂吉は、懐から十手を覗かせた。茂吉は探索にあたるとき、岡っ引きを装うために、十手を持ち歩くことがあった。顔見知りの岡っ引きから、古い十手をもらったらしい。

市之介は桟橋の手前まで行って、岸際に足をとめた。茂吉だけが、桟橋につづく石段を下りていく。


茂吉は、ふたりの船頭の乗っている舟のそばまで来ると、

「ちょいと、すまねえ」

と、声をかけた。

「何か用かい」

赤銅色の肌をした中年の船頭が、茂吉を睨《にら》むように見すえて訊いた。もうひとりは、小柄だが、猪首で両肩が盛り上がっていた。長年力仕事にあたってきた男らしい体付きである。

「訊きてえことがあってな」

茂吉は懐に手をつっ込んで十手を覗かせた。

「親分さんでしたかい」

中年の船頭が、首をすくめるようにして言った。手にした煙管から莨の煙が、風に流れている。

「鳴海屋は、ならず者たちに脅されて大金をとられたそうだな」

茂吉は、わざとならず者と口にした。そう切り出せば、船頭も話すのではないかと踏んだのである。

「親分さん、ならず者じゃァねえよ」

中年の船頭が、小声で言った。

「ならず者じゃァねえのかい」

茂吉は、驚いたような顔をして見せた。

「二本差しだよ」

「牢人かい」

茂吉が訊くと、それまで黙っていた小柄な船頭が、

「そうじゃァねえ。羽織袴姿の、身分のあるお武家でさァ」

と、脇から口をはさんだ。

「お武家が、鳴海屋から金を脅し取ったのかい」

「何があったか、くわしいことは知らねえが、脅し取られたんじゃァなくて、頼まれて金を貸したと聞きやしたぜ」

中年の船頭が言った。

「貸したのかい」

茂吉が聞き返した。

「そう聞きやしたが……」

中年の男が、語尾を濁した。はっきりしないのだろう。

「千両と聞いたが、まちげえねえのかい」

茂吉が念を押すように訊いた。

「あっしも、千両と聞きやした」

また、小柄な船頭が口をはさんだ。

それから、茂吉は武士の名や身分などをそれとなく聞いたが、ふたりの船頭は首をひねるばかりだった。

「どうも、おれたちが手を出すような事件《やま》じゃァねえようだ」

茂吉は、そう言い残して桟橋を離れた。

茂吉は桟橋から通りにもどると、船頭から聞き込んだことを市之介に話した。

「鳴海屋は、金を貸したのか」

市之介は来た道を引き返しながら言った。

「船頭は脅し取られたんじゃァなくて、貸したと言ってやした」

「返す気がなければ、脅し取ったのと同じことだな」

市之介は、いざとなったら借りた金だと言い張るために、借りたことにしておいたのだろうと思った。

……千両の金の他にも、何かありそうだ。

と、市之介は思った。森川たちを襲って殺すからには、鳴海屋を脅した一味には他にも知られたくないことが、あるのではあるまいか。

第二章　怯え

1

市之介は屋敷の縁側に面した座敷で、出かける仕度をしていた。仕度といっても、羽織袴姿になるだけである。これから深川まで行って、鳴海屋のことで聞き込んでみようと思ったのだ。

市之介の仕度を手伝っていたつるが、

「お花見の話は、どうなったのかねえ」

と、溜め息混じりに言った。

「母上、それがしが、伯父上と会ったのを知ってますね」

市之介が、いつになくけわしい顔をして言った。

「知ってますよ。小出どのといっしょに小川町に行ったときでしょう」

「そうです。そのとき、伯父上から、言われました。いま、江戸で大きな事件が起こっているので、糸川どのたちと探索にあたれと」

「あ、兄上から、そう言われたのですか」

つるが、驚いたような顔をした。

「そうです。しかも、それがしにとって、いまが大事なときなので、出精《しゅっせい》するようにとも言われました」

市之介は、目付組頭《めつけくみがしら》のことは口にしなかった。大草の言ったことが、実現するかどうか分からなかったからである。

「それでは、お花見などに行ってられませんね」

つるが、肩を落として言った。

そのとき、縁先に走り寄る足音がし、「旦那さま！　旦那さま！」と呼ぶ声が聞こえた。茂吉である。

すぐに、市之介は縁側に出た。

茂吉が肩で息をしながら、縁先に立っていた。走ってきたらしい。

「だ、旦那、大変《てぇへん》だ！」

茂吉が声高に言った。市之介の顔を見た途端、呼び方が、旦那に変わった。

「どうした」

「辻斬りでさァ」

「なに、辻斬りだと」

急に、市之介の声がちいさくなった。辻斬りなど、何のかかわりもなかった。町方が、事件にあたればいいのである。

「それが、旦那、殺《や》られたのが材木問屋の番頭なんでさァ」

「鳴海屋の番頭か」

「まだ、鳴海屋かどうか分からねえ」

茂吉によると、通りで出会ったぼてふりが、長屋の女房に話しているのを耳にしただけだという。

「場所はどこだ」

「深川の入船町《いりふねちょう》でさァ」

「行ってみるか」

市之介は、材木問屋の番頭が殺されたことが気になった。

「入船町まで、歩くのは大変ですぜ」

「そうだな」

深川入船町は、木場《きば》近くだった。富ケ岡八幡宮《とみがおかはちまんぐう》から東方にかなり歩かねばならない。

「福田屋《ふくだや》で、舟を借りやしょうか」

茂吉が言った。福田屋は、佐久間町の神田川沿いにある船宿だった。茂吉は舟を扱うことができ、遠方の場合、福田屋で舟を借りることがあったのだ。

「舟なら楽だな」

舟を使えば、佐久間町からほとんど歩かずに、入船町まで行くことができる。

「ヘッへへ……。旦那、舟を借りるには、銭がねえと」

茂吉が首をすくめながら言った。

「そうだったな」

市之介は懐から財布を取り出すと、一分銀を三枚手にとった。

「茂吉、福田屋には、二分も渡せば十分だろう。一分は、茂吉の手当だ」

そう言って、茂吉に一分銀を握らせてやった。

「ありがてえ」

茂吉は、一分銀を握りしめると、

「旦那さま、先に行って舟を借りやす。旦那さまは、桟橋へ行っててくだせえ」

そう言い残し、茂吉は踵《きびす》を返して走りだした。一分銀が利いたのか、茂吉の呼び方が、旦那から旦那さまに変わった。

市之介は、座敷にもどり二刀を腰に帯びて屋敷から出た。

和泉橋近くの桟橋で待つと、茂吉の乗る猪牙舟《ちょきぶね》が近付いてきた。茂吉は艫《とも》に立って竿を手にしている。

茂吉は舟を桟橋に着けると、

「旦那、乗ってくだせえ」

と、声をかけた。

市之介は舟に乗り込むと、船底に敷いてあった座布団に腰を下ろした。

茂吉は船縁を桟橋から離し、水押《みよ》しを下流にむけた。市之介を乗せた舟は、神田川の川面《かわも》を滑るように大川にむかっていく。

舟は大川に出ると、水押しを下流にむけた。風のない穏やかな日だった。大川の川面が、春の陽射しを浴びてきらきらと輝いていた。猪牙舟、茶船、屋形船などが、陽射しのなかをゆったり行き来している。

市之介の乗る舟は新大橋をくぐると、左手にひろがる深川の町並の方へ水押しをむけた。そして、仙台堀に入り、東にむかった。

仙台堀にかかる亀久橋《かめひさばし》をくぐると、

「南にむかいやすぜ」

と、茂吉が声をかけ、右手の掘割に入った。この辺りは木場が近く、掘割が縦横にはしっている。

舟がいっとき南に進むと、右手の家並の先に富ケ岡八幡宮の甍《いらか》が見えてきた。左手の奥には、木場がひろがっている。

前方に橋が迫ってきた。汐見橋《しおみばし》である。その橋の左右にひろがっている地が、入船町だった。この辺りまで来ると、海が近くなったせいか風のなかに潮の香りがした。

汐見橋の近くまで来ると、

「舟を着けやすぜ」

茂吉が声をかけ、水押しを左手にある船寄にむけた。

2

市之介と茂吉は舟から下りて、掘割沿いの通りに出た。そこは、汐見橋の近くだった。橋を行き交うひとの姿が見えた。

「橋の近くだと、聞きやしたぜ」

そう言って、茂吉が先にたった。

茂吉は橋のたもとまで行くと、通りの左右に目をやり、

「旦那、あそこですぜ」

と言って、東方を指差した。

通り沿いに、人だかりができていた。印半纏《しるしばんてん》姿の船頭や川並《かわなみ》らしき男に交じって、岡っ引きや下っ引きらしい男の姿もあった。川並は筏師《いかだし》である。川並の姿があるのは、木場が近いせいだろう。

「八丁堀の旦那も、いやすぜ」

茂吉が足早に歩きながら言った。

見ると、人だかりのなかに定廻《じょうまわ》り同心の野宮の姿があった。辻斬りと聞いて、

駆け付けたのだろう。糸川と彦次郎の姿はなかった。ふたりとも、材木問屋の番頭が殺されたと聞けば、様子を見に来るはずである。

　市之介が人だかりのそばまで来ると、

「ちょいと、どいてくんな。お調べだよ」

と、茂吉が声をかけた。

　すると、人だかりが左右に割れて道をあけた。市之介のことを、火盗改とでも思ったのかもしれない。

「青井どのか。死骸《ほとけ》はここだよ」

　野宮が苦笑いを浮べて言った。

　野宮の足元に、男がひとり仰臥《ぎょうが》していた。口をあんぐりあけたまま死んでいる。四十がらみであろうか。痩身で妙に首が細く、喉仏が突き出ていた。

　男は肩口から胸にかけて袈裟《けさ》に斬られていた。深い傷で、赭《あか》黒くひらいた傷口から肋骨が白く覗いていた。男の羽織や小袖が、どっぷりと血を吸っている。

「正面から一太刀か」

　市之介は、下手人は剛剣の主だ、と思った。そのとき、市之介の脳裏に、佐賀町で斬殺されていた石塚の傷がよぎった。

……同じ下手人ではないか！

と、市之介は思った。同じ下手人の手にかかったとすれば、鳴海屋の件と同じ筋ということになる。

「佐崎屋《さざきや》という材木問屋の番頭で、名は松蔵《まつぞう》だ」

野宮が言った。

「辻斬りと聞いたが」

「おれも、そう聞いている。松蔵の財布が抜かれているしな」

野宮は、松蔵の検屍《けんし》をやっていたらしい。

「殺られたのは、いつごろなのだ」

市之介が訊《き》いた。

「おれの手先が聞き込んだことによると、昨夜の五ツ（午後八時）ごろらしい」

野宮によると、近くに住む大工が仕事帰りに一杯ひっかけ、五ツごろここを通りかかったとき、松蔵が斬られたところを見たらしい。

「それで、松蔵を襲ったのはひとりか」

市之介は、森川たちを襲った三人のことを思い出して訊いたのだ。

「いま、探っているところだ」

「鳴海屋と同じ筋かな」

「どうかな。これは、おれたち町方が扱う事件《やま》のようだ。こまかいことまで、話すわけにはいかないな。あとは、そちらで勝手にやってくれ」

野宮はそう言い置き、その場を離れてから、付近にいた岡っ引きや下っ引きを集めて何やら指図していた。

市之介は人だかりから出ると、茂吉に、

「近所で聞き込んでみてくれ」

と、指示した。松蔵を襲ったのは何者か、知りたかったのだ。

「旦那は、お屋敷へ帰《けえ》るんですかい」

茂吉が不服そうな顔をした。

「いや、佐崎屋を見てから、またこの場にもどる。そのうち、糸川たちも来るのではないかな」

そう言い置き、市之介は人だかりのそばにいた川並らしい男に、佐崎屋はどこにあるか訊いた。

「ここを、三町ほどいった先にありやす」

男が通りの先を指差しながら、佐崎屋は土蔵造りの大店《おおだな》で、脇に材木が積んであるのですぐに分かると言い添えた。

市之介は、男が指差した方にむかって歩いた。

三町ほど歩くと、通りの左手に土蔵造りの大店があった。店の脇に杉の丸太が積んであり、店の奉公人と大鋸挽《おがひき》らしい男が何やら話していた。

市之介が店の脇まで来たとき、店から男が七、八人、飛び出してきた。奉公人や船頭らしい男たちである。男たちは、戸板と筵《むしろ》を持っていた。殺された番頭の遺体を、現場から運ぶのであろう。

市之介は男たちの姿が遠ざかると、店の脇にいた奉公人と大鋸挽らしい男に近付いた。

「佐崎屋の者か」

市之介が声をかけた。

「はい。……どなた様でしょうか」

奉公人らしい男が訊いた。二十四、五に見えた。手代かもしれない。

「手代かな。……おれは、お上の者だ。殺された番頭のことで、訊きたいことがある」

市之介は、わざと居丈高に言った。身装《みなり》が八丁堀同心ふうではなかったので、火盗改と思わせようと思った。

「て、手代の、栄次郎《えいじろう》でございます」

栄次郎が、声をつまらせて言った。

「番頭は、昨夜、どこへ行ったのだ」

市之介が訊いた。

「山本町《やまもとちょう》の清乃屋《きよのや》と聞いています」

山本町は富ケ岡八幡宮の門前通りにひろがっており、料理屋や料理茶屋などの多い賑やかな町である。

栄次郎によると、清乃屋は料理屋で、番頭は付き合いのある棟梁《とうりょう》たちとの商談のために清乃屋に出かけたという。

「あるじは行かずに、番頭が行ったのか」

そうした商談には、あるじが行くのではあるまいか。

「あるじの平右衛門《へいえもん》は、風邪ぎみだったもので」

栄次郎が語尾を濁した。

「下手人の心当たりは」

「ございません」

「辻斬り仕業とみてはいるが、恨みかもしれぬ。……佐崎屋を恨んでいた者はいないか」

「恨まれているようなことは、ございませんが……」

「番頭を襲ったのは、武士だ。武士との揉め事はなかったか」

市之介は、三人の武士のことを聞き出したかったのだ。

「ございません」

「ちかごろ、武士が店に来たことはないのだな」

市之介が語気を強くして訊いた。

「店に見えたことは、あります」

栄次郎が戸惑うような顔をした。

「牢人ではないな」

「はい、ご公儀の作事方と聞きましたが」

「作事方だと！」

市之介の声が大きくなった。佐崎屋の番頭殺しは、鳴海屋の筋とつながっている、と市之介は確信した。

「は、はい……」

栄次郎は驚いたような顔をしてすこし身を引いた。市之介が、急に大きな声を出したからだろう。

「店に来た武士の名は、分かるか」

「ぞ、存じません」

栄次郎が声をつまらせて言った。

「店に来た武士は、何人だ」

「ふ、ふたりです」

「そのとき、ふたりの武士と話したのは、番頭か」

「そうです。あるじは、風邪で臥《ふ》せっていましたので……」

栄次郎は、不安そうな顔をした。しゃべり過ぎたと思ったのかもしれない。

「どんな話をしたのだ」

「ぞ、存じません。……てまえは、急ぎの用がありますので」

そう言って、栄次郎は、店に帰りたそうな素振りをした。

なおも、市之介は店に来た武士のことや番頭との話の内容などを訊いたが、栄次郎は、知りません、と答えるだけで、後は口をとじることが多くなった。

市之介は、栄次郎の脇にいた大鋸挽らしい男にも訊いてみたが、男は店に来た武士のことは知らなかった。

「手間をとらせたな」

そう言い残し、市之介は佐崎屋の店先から離れた。

3

市之介が、松蔵が殺された現場にもどると、糸川、彦次郎、成瀬の三人の姿があった。

糸川たちは、佐崎屋の奉公人たちが、殺された番頭の死骸を戸板に乗せて運ぼうとしているのを見ていた。すでに、その場に野宮の姿はなかった。まだ、野次馬は多かったが、岡っ引きや下っ引きの姿は、あまりなかった。野宮の指図で、聞き込みにまわっているのだろう。

糸川は市之介を目にすると、

「殺されたのは、材木問屋の番頭らしいぞ」

と、市之介に身を寄せて言った。

「知っている。いま、佐崎屋まで様子を見に行ってきたのだ」

市之介は、茂吉とふたりで、この場に来て番頭の死骸を見てから佐崎屋にむかったことを話した。

「早いな」

糸川が驚いたような顔をした。

「佐崎屋の手代から聞いたのだがな、ちかごろ、幕府の作事方の者が佐崎屋に来て、殺された番頭と話していたようだ」

「やはり、鳴海屋と同じ筋か」

糸川が、顔をけわしくして言った。

彦次郎と成瀬も、けわしい顔で市之介と糸川に目をやっている。

「それに、松蔵の死体を見て気付いたと思うが、深く袈裟に斬られている」

「傷は見ている」

糸川が言った。

「下手人は、剛剣の主とみていい。……おれは、佐賀町で斬られた石塚の傷と重ねてみたのだが、下手人は同じではないかな」

市之介が、断定できない、と小声で言い添えた。特殊な傷なら別だが、剛剣の主らしいということだけで、下手人を決め付けるわけにはいかなかった。

「佐崎屋も、鳴海屋と同じように武士に金を出せと脅されたが、佐崎屋は断ったので番頭が殺された。そうみていいかもしれんな」

糸川が虚空を見すえて言った。

市之介たちが、そんなやり取りをしているところに、茂吉が帰ってきた。

市之介は人だかりから離れ、

「茂吉、何か知れたか」

と、訊いた。

糸川たちが、市之介の背後に身を寄せてふたりのやり取りに耳をかたむけている。

「大工の他に、番頭の松蔵が斬られたところを見たやつがいやした」

茂吉がうわずった声で言った。

この辺りは、富ケ岡八幡宮から近いせいもあり、八幡宮の門前界隈の料理屋や飲み屋などで一杯やった男が通りかかる。そうした通行人が、目にしたのかもしれない。

「だれが、見ていた」

「通りかかった川並でさァ」

「それで、下手人は」

「武士が、ふたりのようですぜ。……ふたりは前と後ろから松蔵に近寄り、前のやつが斬ったそうでさァ」

「そのふたり、佐崎屋に来て、作事方と名乗った者たちではないかな」

ふたりの武士は、松蔵が色良い返事をしなかったので、始末したのではないか、と市之介はみた。

「斬った後、ふたりはどうした」

さらに、市之介が訊いた。

「ひとりが、松蔵の懐を探ったそうで」

「辻斬りに見せるために、財布を抜いたのだな」

「ふたりは松蔵を斬った後、八幡様の方へむかったようでさァ」

茂吉が言った。

すると、市之介と茂吉のやり取りを聞いていた糸川が、

「どうする、もう一度、佐崎屋に行って話を訊いてみるか」

と、市之介に訊いた。

「松蔵の遺体を運び込んで、店はごたごたしてるはずだ」

市之介は、いま佐崎屋に行っても、まともな話はできないだろうと思った。

「そうか」

糸川がちいさくうなずいた。

「どうだ、山本町の清乃屋にいってみないか。松蔵は清乃屋で棟梁たちと会ったようだが、そのなかに、襲ったふたりの武士と繋がりのある者がいたかもしれぬ。松蔵が清乃屋に出かけていることを知らないと、帰りの途中で待ち伏せできないからな」

市之介は、松蔵が清乃屋でいっしょに飲んだ棟梁のことも知りたいと思った。

「行くか」

糸川はすぐにその気になったが、いっしょにいた成瀬と彦次郎には、

「ふたりは、佐崎屋の近所で店の様子を訊いてみてくれ。……清乃屋に、五人もで押しかけることはないからな」

そう言い置いて、市之介と富ケ岡八幡宮の方へ足をむけた。

茂吉は、市之介の後についてきた。

市之介たちが富ケ岡八幡宮の門前を過ぎていっとき歩いたとき、

「旦那、この辺りから山本町ですぜ」

茂吉が、右手の家並を指差して言った。山本町は、富ケ岡八幡宮の門前通りの右手にひろがっている。人出が多く、通り沿いには料理屋、料理茶屋などが目についた。

市之介が通り沿いの店に立ち寄って、清乃屋はどこにあるか訊くと、一町ほど先にあり、店の脇に松が植えてあるとのことだった。

言われたとおり、一町ほど歩くと、料理屋の戸口の脇に、細い松が形のいい枝を伸ばしていた。その松のそばに、つつじの植え込みと籬《まがき》もあった。老舗の料理屋らしい落ち着いた造りである。

「あの店だな」

糸川が指差した。

暖簾《のれん》が出ていた。戸口の掛行灯に「御料理、清乃屋」と記してある。二階の座敷には、客がいるらしく、男の談笑や嬌声などが聞こえてきた。

4

「入るぞ」

市之介が、清乃屋の戸口の格子戸をあけた。

正面に狭い板間があり、右手に二階に上がる階段があった。左手には障子がたててあり、そこが帳場になっているらしかった。

すぐに帳場の障子があいて、女将らしい年増と若い女中が姿を見せた。

「いらっしゃいまし」

女将と女中は、板間に座して市之介たち三人を出迎えた。

「おれたちは、客ではない。公儀の者だ。……昨夜、この店に、材木問屋、佐崎屋の番頭が来たな」

糸川が単刀直入に切り出した。

「おいでになりましたが……」

女将の顔に不安そうな色が浮いた。

「番頭の松蔵は、この店からの帰りに殺されたのだ」

「まァ……」

女将は息を呑んだ。脇に座した女中も、顔をこわばらせて糸川に目をむけている。

「それで、松蔵といっしょの座敷にいた者たちのことを訊きたい。……松蔵の他に、何人いた」

糸川の声には、有無を言わせない強いひびきがあった。

「よ、四人で、ございます」

女将の声が震えた。

そのとき、黙って訊いていた市之介が、

「松蔵といっしょの者は棟梁と聞いたが、そうなのか」

と、念を押すように訊いた。

「……わたし、ご挨拶に伺っただけで、分かりませんが……。確か、松蔵さんのお座敷はお秋《あき》さんだったね」

女将は脇にいた若い女中に、お秋さんを、呼んでおくれ、と小声で言った。

若い女中はすぐに立ち上がり、その場を離れると、廊下の奥へむかった。市之介たちがいっとき待つと、女中が色白の年増を連れてもどってきた。

「お秋さん、昨日、松蔵さんの座敷についたね」

女将が小声で訊いた。年増は、お秋という名らしい。

「はい」

お秋が、不安そうな顔をした。

「この方たちが、松蔵さんの座敷のことで訊きたいことがあるそうですよ」

女将がそう言うと、

「松蔵といっしょに飲んだのは、四人か」

糸川があらためて訊いた。

「そうです」

「四人とも棟梁か」

糸川が、畳みかけるように訊いた。

「棟梁は、おふたりでした」

「他のふたりは」

「ひとりは、お武家さまでした」

「なに！　武士がいたのか」

糸川の声が急に大きくなった。

女将とお秋は、驚いたような顔をして糸川を見た。

「武士の名は、分かるか」

「し、知りません。だれも、名を口にしませんでした。……そ、それに、飲み始めると、座を外してくれと言われたもので、わたし、別の座敷へいってました」

お秋が、声を震わせて言った。

「武士の身装《みなり》は」

さらに、糸川が訊いた。

「羽織袴姿でした」

「それで、店から出るときは、どうした。客を送り出したのではないか」

糸川がお秋に訊くと、

「わたしも、お見送りしました」

と、女将が言った。

「武士も、いっしょに店を出たのか」

「ごいっしょでしたが、お武家さまは、先にひとりで八幡さまの方へ向かわれました」

女将によると、武士はひどく不機嫌そうだったという。女将が声をかけたのに、返事もせずにひとりで足早に店先から離れたそうだ。

話を聞いていた市之介は、やはりその武士が先回りし、別の武士とふたりで松蔵を襲ったのではないかとみた。

「ふたりの棟梁は、どうした。松蔵といっしょに店から出たのだな」

糸川が訊いた。

「は、はい」

「様子はどうだった」

「ふたりとも、ひどく困ったような顔をしてました」

それまで黙っていたお秋が、口をはさんだ。

「番頭と棟梁たちは、店先で別れたのか」

「はい」

お秋によると、松蔵は入船町の方へむかい、ふたりの棟梁は一《いち》ノ鳥居《とりい》の方へ足をむけたという。

「棟梁の名は知っているか」

糸川が訊いた。

「甚兵衛《じんべえ》さんと徳蔵《とくぞう》さんです」

お秋は、ふたりがどこに住んでいるかは知らないという。女将も知らないらしく、首を横に振った。

市之介たちはそれだけ訊くと、清乃屋の店先から離れた。松蔵が殺された現場にもどると、成瀬と彦次郎が待っていた。

糸川がふたりに聞き込みの様子を訊くと、成瀬が、

「これといったことは、分かりませんでした」

と前置きした後、

「ひとつだけ、気になることを耳にしました」

と、糸川に身を寄せて言った。

「なんだ、気になることとは」

「佐崎屋に出入りしていた川並が、佐崎屋は武士に強請《ゆす》られていたらしい、と口にしたのです」

「やはり、そうか」

糸川が虚空を睨《にら》むように見すえてつぶやいた。ここに来る前から、予想していたことである。

「鳴海屋と同じ筋だな」

市之介が、言い添えた。

5

市之介が青井家の表門から出ると、茂吉が待っていた。

「旦那さま、舟を用意してありやす」

茂吉が笑みを浮べて言った。機嫌が良さそうである。

「すまんな。今日は、彦次郎もいっしょなのだ」

市之介は、深川入船町に出かけ、材木問屋の佐崎屋に出向いて、店のあるじから話を聞くつもりだった。

佐崎屋の番頭の松蔵が殺されて八日経っていた。初七日も過ぎ、佐崎屋も落ち着いたのではないかとみたのである。

茂吉の機嫌がいいのは、駄賃を手にしたからだろう。昨日、市之介が茂吉に入船町へ行くことを話すと、「あっしが、舟を用意しやす」と言って、また市之介から駄賃を一分せしめたのだ。

市之介と茂吉が和泉橋のたもとまで行くと、彦次郎が待っていた。

市之介たちが桟橋に繋いであった舟に乗り込み、茂吉が艫に立って水押しを大

川の方へむけたとき、

「青井さま、糸川さまから呉服屋の話を聞いていますか」

彦次郎が顔をけわしくして言った。

「呉服屋だと、何の話だ」

市之介は、呉服屋の話など聞いていなかった。

「室町《むろまち》にある呉服屋の安田屋《やすだや》が、武士に金を強請られたという噂があり、いま成瀬どのや何人かの目付筋の者が探っているのです」

「なに！　安田屋が、武士に強請られているだと」

思わず、市之介の声が大きくなった。

「まだ、噂でして、はっきりしたことは分からないようです」

「鳴海屋や佐崎屋と同じ筋ではあるまいな」

市之介は、安田屋が武士に強請られたことが気になった。おそらく、糸川も幕臣がかかわっているのではないかとみて、成瀬たちに探らせているのだろう。

市之介たちの乗る舟は、神田川から大川に出て、水押しを下流にむけた。舟は、番頭が殺されたと聞いて、入船町に出かけたときと同じ船寄に着けるようだ。

舟が船寄に着くと、茂吉が、

「下りてくだせえ」

と、市之介たちに声をかけ、舫《もや》い綱《づな》を杭に繋いだ。

市之介たちは舟から下りると、汐見橋のかかっている通りに出て佐崎屋にむかった。

「変わった様子はないな」

佐崎屋は、店をひらいていた。棟梁らしい年配の男が、ちょうど店から出てくるところだった。

店の脇や店内に、印半纏を羽織った奉公人や船頭らしい男などの姿が見えた。忙しそうに動いている。

市之介たち三人は、棟梁らしい男が店先から離れるのを待って、暖簾をくぐった。敷居の先がひろい土間になっていて、その先に座敷があった。座敷の左手が帳場になっている。帳場には番頭らしい男がいて、帳面を繰っていた。殺された松蔵の後釜であろうか。

土間の隅で船頭らしい男と話していた印半纏を羽織った奉公人が、市之介たちのそばに来て、

「何か御用でしょうか」

と、腰をかがめながら訊いた。

男の顔が、こわばっていた。手代であろうか。二十代半ばと思われる小柄な男である。

「われらは公儀の者だ。店の者に、訊きたいことがある」

市之介が厳めしい顔をして言った。

「お、お待ちください」

男は声をつまらせて言うと、慌てた様子で、帳場にいる番頭らしい男のそばに身を寄せた。市之介たちのことを知らせたらしい。

番頭らしい男はすぐに立ち上がり、腰をかがめたまま上がり框《がまち》のそばまで来ると、

「番頭の房蔵《ふさぞう》でございます。何か、お聞きになりたいことが、おありだそうで……」

と、不安そうな顔をして訊いた。

「番頭の松蔵は、亡くなったと訊いたが」

「は、はい、手前はまだなったばかりでして……」

房蔵が困惑したような顔をした。

「では、あるじの平右衛門を呼んでくれ」

「か、風邪気味でございまして」

房蔵の声が震えた。

「風邪気味でもいいから呼べ。番頭の松蔵が殺される前から、風邪気味だそうではないか。……何なら、臥せっているところに踏み込んでもいいぞ」

市之介が高飛車に言った。

すると、房蔵の顔から血の気が引き、

「お、お待ちください」

と言い残し、慌てて帳場の奥へむかった。

いっときすると、房蔵がもどってきて、

「あるじは、お会いするそうです。……お上がりになってください」

そう言って、市之介と彦次郎を帳場の奥の座敷に連れていった。

茂吉の姿はなかった。市之介が近所で聞き込んでくれ、と茂吉に声をかけ、先に店から出したのだ。

房蔵が市之介たちを連れていったのは、来客用の座敷らしかった。座布団や莨盆なども用意してあった。

市之介たちが座敷に腰を下ろしていっとき待つと、房蔵があるじらしい男を連れてもどってきた。五十がらみであろうか、ひどく痩せていた。顔色もよくない。病で臥せっているといわれれば、信じてしまうだろう。ただ、男は唐桟の羽織に細縞の小袖を着ていたので、起きていたようだ。

男は市之介たちの前に座ると、

「あるじの平右衛門でございます」

と言って、深々と頭を下げた。

松蔵は座敷に残って、平右衛門の脇に控えている。

「病だそうだな」

市之介が、静かな声で言った。

「は、はい、ですが、だいぶよくなりまして……。そろそろ、店に出ようかと思っていたところでございます」

平右衛門が、声をつまらせて言った。

「そうか。病のところ、すまぬが、訊きたいことがあってな。殺された松蔵のためにも、下手人を捕らえたいのだ。平右衛門も、下手人が捕らえられれば、安心できるのではないか」

「はい、仰せのとおりでございます」

平右衛門が、市之介に縋《すが》るような目をむけた。

「では、訊くが、この店は幕府の作事方の者に、金を強請られたのではないか」

「そ、そうです」

平右衛門は、否定しなかった。

「どんなことを言って、金を要求したのだ」

「ご、御所の修繕のために納めた材木の値段に不正があったと言われ、召し捕られて処罰されたくなかったら、金を出せと」

平右衛門の声が震えた。

「いくら出せと言われたのだ」

「せ、千両でございます」

「うむ……」

鳴海屋と同じである。

「そのような大金は都合できません、と言ってお断りしたのです。それでも、何度か店に来て、千両出さなければ、店をつづけられなくなるとまで言われました」

「番頭の松蔵が、清乃屋で会ったのは、金を強請りにきた武士だな」

「よく、ご存じで」

平右衛門が、驚いたような顔をした。

「われらは、そやつらを探っているのだ。……棟梁もいっしょだそうだが、どういう経緯があったのだ」

市之介が訊いた。

「ふたりの棟梁は、御所の普請にあたったのです。それで、てまえの店が納めた材木には、不正がなかったことを、相手に話してもらうために、同席してもらったのです」

「そういうことだったのか」

「そ、それが、とんだことになりまして」

また、平右衛門の声が震えた。清乃屋での帰りに、松蔵が殺されたことを思い出したのだろう。

「ところで、店にきたふたりの武士の名を訊いたか」

「はい、作事方の久保《くぼ》さまと平松《ひらまつ》さまと名乗られましたが……」

平右衛門が語尾を濁した。偽名とみていたのかもしれない。

「久保と平松か」

市之介も、ふたりの武士が本名を名乗ったとは思えなかった。

市之介が口をつぐむと、

「また、ふたりは店に来るでしょうか」

平右衛門が市之介に目をむけて訊いた。

「いや、二度と姿を見せることはあるまい。……もし、姿を見せたらな、公儀の目付筋の者に、知らせることになっている、とでも話しておけ」

「は、はい」

平右衛門と房蔵は、畳に両手をついて深々と頭を下げた。

6

「旦那！　旦那！」

縁先で、市之介を呼ぶ茂吉の声がした。いつもとちがう上擦った声である。

市之介は、すぐに障子をあけて縁側に出た。

「どうした、茂吉」

市之介が訊いた。

「殺られやした！　お目付の方が」

「だれが、殺られたのだ」

市之介の脳裏に、糸川と彦次郎の顔がよぎった。

「名前は分からねえ。糸川さまと佐々野さまも、行きやしたぜ」

「場所はどこだ」

糸川と彦次郎ではないらしい。

「小柳町《こやなぎちょう》でさァ」

「すぐ、行く」

市之介は座敷にとって返すと、大小を手にして玄関から飛び出した。

表門から出ると、庭からまわった茂吉が待っていた。

「旦那、行きやすぜ」

茂吉が先にたった。

市之介は練塀小路を足早に南に向かいながら、

「茂吉、糸川や彦次郎と会ったのか」

と、訊いた。茂吉は、糸川たちが現場にむかったことを知っていたので、どこかで顔を合わせたとみたのである。

「お武家が斬られていると聞きやしてね。ちょいと、覗いてみたんでさァ」

茂吉が得意そうな顔をして言った。

小柳町は近かった。神田川にかかる和泉橋か昌平橋を渡ればすぐである。四ツ(午前十時)過ぎだったので、茂吉は青井家に来る前に現場を覗いたのだろう。

茂吉と市之介は神田川沿いの通りへ出ると、和泉橋を渡って柳原通りに出た。そして、いっとき西にむかって歩いた後、左手の通りに入った。そこは、小柳町である。

「旦那、あそこでさァ」

茂吉が通りの先を指差した。

人だかりができていた。町人の姿もあったが、武士が目についた。糸川と彦次郎も人だかりのなかにいた。

市之介と茂吉が人だかりに近付くと、糸川が、

「ここに来てくれ」

と、市之介を呼んだ。

糸川のそばに彦次郎、成瀬、それに顔を知っている目付筋の武士が何人かいた。

いずれの顔もこわばっている。

「山田桑一郎《やまだそういちろう》だ」

糸川が足元に視線を落として言った。路傍に、武士がひとり倒れていた。

「山田か……」

市之介は、山田桑一郎を知っていた。知っていたといっても、話したことはない。山田は糸川の配下の御小人目付で、此度の件の探索にあたっていたのだ。

山田は仰向けに倒れていた。首を斬られたらしく、首の周囲にどす黒い血が飛び散っていた。

「森川と同じ傷だ！」

思わず、市之介が声を上げた。佐賀町の大川端で見た森川の首に残っていた傷と同じである。

「下手人は、森川を斬った武士だな」

糸川が顔をけわしくして言った。

「殺されたのは、昨夜のようだ」

市之介は、飛び散っている血がどす黒く変色しているのを見て言った。

「山田は、成瀬たちと室町の安田屋の件を探っていたのだ」

糸川はそう言って、脇にいる成瀬に、

「昨日の様子を話してくれ」

と、声をかけた。

成瀬は糸川に歩み寄り、

「昨日、山田とふたりで安田屋に行き、あるじから話を聞いたのです」

と、悲痛な顔をして話しだした。

成瀬によると、暮れ六ツ（午後六時）ちかくなってから、ふたりは安田屋を出たという。

その後、成瀬と山田は日本橋通りを北にむかい、昌平橋の近くまでいっしょに来て別れたそうだ。

成瀬は屋敷が昌平橋を渡った先にあったので昌平橋を渡ったが、山田の屋敷は和泉橋の南側にあったので、右手の小柳町につづく通りに入ったという。

「山田は屋敷に帰るために、ここまで来て襲われたのか」

山田と成瀬は、下手人に安田屋の近くから跡を尾けられたのではないか、と市之介はみた。そして、通行人のすくない道に入った山田の跡を尾け、ここで襲ったのではあるまいか。

「なんとしても、山田を襲撃した者をつきとめて、敵《かたき》をとってやりたい」

　糸川は、その場に集っていた配下の御小人目付たちを集め、

「近所をまわって、目撃した者を探し、様子を聞いてみてくれ」

　と、けわしい顔をして指示した。

　その場に集った御小人目付は、彦次郎と成瀬をくわえて五人だった。五人は、すぐにその場から離れた。

　市之介はその場から離れていく五人の歩く姿を見て、

　……足取りが重い。

　と、思った。彦次郎と成瀬はそうでもなかったが、他の三人は肩が落ち、身辺に覇気が感じられなかった。何かに怯えているような感じがする。

　脇にいた糸川も、五人の後ろ姿を見ながら、

「森川と石塚につづいて三人目だからな」

　と、力のない声で言った。

「何者か知れぬが、目付筋の者を狙っているのではないか」

　市之介が言った。

「それも、腕のたつ者が何人もいるようだ」

糸川が、鳴海屋を強請った武士は、三人であることを言い添えた。

「用心せねば、これからも殺されるぞ」

市之介の顔は、いつになくけわしかった。

「そうかといって、いま、手を引くことはできぬ」

糸川が虚空を睨むように見すえて言った。

7

廊下をあわただしそうに歩く足音がして、障子があいた。顔を出したのは、妹の佳乃である。

「兄上、お見えです」

佳乃がうわずった声で言った。

「だれが、来たのだ」

市之介は、朝餉《あさげ》の後、縁側に面した座敷で横になっていたのだが、慌てて身を起こした。

「佐々野さまです」

「彦次郎、ひとりか」

「糸川さまも、ごいっしょです」

佳乃は、糸川も知っていた。

「ここに、通してくれ」

市之介は立ち上がって、縁側に面した障子をあけた。

四ツ（午前十時）ごろだった。庭には春の陽射しが満ちていて、心地《ここち》好《よ》い微風《そよかぜ》が流れ込んでくる。

すぐに、廊下を歩く複数の足音がし、佳乃が糸川と彦次郎を連れて入ってきた。

「腰を下ろしてくれ」

市之介が声をかけると、糸川と彦次郎が座敷に腰を下ろした。

佳乃も、すました顔をして市之介の脇に座った。彦次郎がいるので、いっしょに話したいのかもしれない。

「佳乃、母上に話して、茶を淹《い》れてくれ」

市之介が言った。糸川と彦次郎の用件は、佳乃といっしょに話せるようなことではないはずだ。

「は、はい」

佳乃はすぐに立ち上がり、座敷から出ていった。

「安田屋のことで、話があってな」

糸川が切り出した。

山田が小柳町で殺されて五日経っていた。この間、糸川や彦次郎たちは、山田を斬殺した下手人の割り出しにあたるとともに、安田屋にも話を聞きにいっていた。

「何か知れたのか」

市之介が訊いた。

「はっきりしないが、安田屋も、強請られたようなのだ」

「安田屋は、呉服屋ではないか。……まさか、作事方の者が呉服屋を強請ったわけではあるまい」

作事方は、呉服屋とかかわりはないはずだ。

「安田屋に来たふたりの武士は、作事方ではなく御納戸衆《おなんどしゅう》を名乗ったそうだ」

「御納戸衆だと」

御納戸頭は、将軍の手元にある金銀、衣類、調度などを取り扱い、将軍が下賜《かし》する衣類の買い入れなどもおこなっていた。御納戸頭の下に、御納戸組頭がいて、御納戸衆はその配下である。

「御納戸衆のなかには、将軍が賜る御仕着せなどの買い入れのために、呉服屋に出かけることがあるようだ」

　糸川が言った。

「それで」

　市之介は、話の先をうながした。

「安田屋は、幕府の御用達《ごようたし》らしいのだ」

「幕府とかかわりがあったわけだな」

「安田屋の番頭は、はっきりしたことは言わなかったが、納入した御仕着せのことで何か不備があり、それを理由に強請られたらしい」

「おい、手口は鳴海屋とまったく同じではないか」

　市之介が言った。

「そうなのだ」

「すると、鳴海屋と佐崎屋を強請った者たちが、安田屋にも手を延ばしたのか」

「それが、はっきりしないのだ。……御納戸衆の仕事や安田屋のことをよく知らなければ、御仕着せのことで、強請るのはむずかしいだろう。作事方の者では、無理ではないかな」

糸川が腑に落ちないような顔をした。

「相手は御用達だ。ならず者たちが些細なことで因縁をつけて、金を脅し取るのとはちがうからな」

市之介も、御納戸衆がどのような仕事をしているか知らなければ、すぐに尻尾が出るだろうと思った。

材木問屋の鳴海屋と佐崎屋の強請にも、同じことがいえる。作事方が、どんな仕事をしているか知らなければ、強請ることはできないだろう。

「一味には、作事方の者と御納戸衆がいるということか」

市之介が言った。

「うむ……」

糸川は、首をひねった。作事方の者だけでなく御納戸衆まで、強請一味にいるとは思えなかったのだろう。

「それに、一味の者は、剣の腕がたつ」

市之介も、どのような一味なのか見当がつかなかった。

「いずれにしろ、迂闊《うかつ》に探索にもあたれないということだな」

糸川の顔がけわしくなった。

そのとき、障子があいて、佳乃とつるが顔を出した。佳乃が湯飲みを載せた盆を手にしていた。茶を淹れてくれたらしい。

佳乃とつるは市之介の脇に座すと、佳乃が湯飲みを手にし、

「茶がはいりました」

と言って、糸川と彦次郎の膝先に湯飲みを置いた。

佳乃は彦次郎の膝先に湯飲みを置くとき、彦次郎に声をかけたそうな素振りを見せたが、何も言わなかった。彦次郎は佳乃ではなく、市之介に目をむけていた。

市之介の膝先には、つるが湯飲みを置いてくれた。

つると佳乃は、茶を出し終えると、市之介の脇に座した。座敷に残って、男たちの話にくわわる気らしい。

「母上、佳乃、すこし座をはずしてくれないか。いま、伯父上から仰せつかった大事な話をしているのだ」

市之介が湯飲みを手にして言った。

「これは、気がつきませんでした。……市之介、大事な話が終ったら、知らせてくださいな」

つるがそう言い、佳乃とともに座敷から出ていった。

「まったく、うちの女たちは、どこにでも顔を出すのだ」

市之介が苦笑いを浮べた。

「おふたりとも、淑《しと》やかでやさしそうだ」

糸川が口許に笑みを浮べて言った。

市之介はつると佳乃の足音が消えると、

「今後どうする」

と、声をあらためて訊いた。

「気になるのは、配下の者たちだ。森川と石塚につづいて山田が斬られたことで、次は己ではないかと恐れ、まともに探索にもあたれないのだ」

糸川の顔が曇った。

「糸川、こうなったら、やつらのやり方を逆手にとって、こちらから仕掛けるか」

市之介が言った。

「逆手とは」

「やつらをおびき出して、討つのだ」

市之介の声に、いつになく強いひびきがあった。双眸《そうぼう》に刺すような鋭いひかりが宿っている。

第三章　待ち伏せ

1

「あれが、安田屋だ」

糸川が、通り沿いの大店《おおだな》を指差して言った。

市之介は糸川とふたりで、日本橋室町の表通りに来ていた。そこは、日本橋に近い中山道だった。北にむかえば、昌平橋に出られる。安田屋からの帰りに襲われた山田桑一郎が成瀬とふたりで通った道である。

「大店だな」

市之介が言った。土蔵造りで、二階建ての大きな店だった。店の脇に、「呉服品々、安田屋」と記された立て看板があった。呉服屋、太物問屋、両替屋などの大店が並ぶ通りだが、そうしたなかでも目を引く大きな店である。

「青井、目付筋の者ということにしてくれ」

店の前まで来ると、糸川が市之介に言った。

「分かっている」

市之介と糸川は、安田屋が御納戸衆《おなんどしゅう》を名乗った者から強請《ゆす》られた件で話を聞くために来たのである。

それだけでは、なかった。ふたりは山田が襲われたときのように、ひとりが人《ひと》気《け》のない道をたどって襲撃者たちをおびき出す策をたてていたのだ。

市之介と糸川は、安田屋の暖簾《のれん》をくぐった。店のなかには、大勢の客がいた。土間の先に畳敷きのひろい売り場があり、そこで何人もの手代が、客を相手に反物を見せたり、話したり、客を送り出したりしていた。丁稚たちは、反物を運んだり客に茶を出したりしている。

売り場の左手に帳場格子があり、帳場机を前にして年配の番頭らしい男が算盤《そろばん》を弾いていた。

「いらっしゃいませ」

上がり框《がまち》近くにいた手代が、市之介と糸川のそばに近付いてきた。腰を屈《かが》め、笑みを浮かべている。

「番頭を呼んでもらえるか」

糸川が手代に身を寄せ、声をひそめて言った。

「何か御用でしょうか」

手代の顔から、愛想笑いが消えた。糸川と市之介を客ではないとみたようだ。

「この店にきた御納戸衆のことで、訊《き》きたいことがある」

糸川がそう言うと、手代の顔色が変わった。

「お、お待ちください」

手代は声をつまらせて言い、すぐに帳場に行った。

手代は番頭らしき男と何やら話していたが、すぐに番頭らしき男が立ち上がり、糸川と市之介の前に来て座した。

「番頭の嘉造《よしぞう》でございます。どのようなご用でございましょうか」

嘉造が、丁寧な物言いで訊いた。五十がらみであろうか。大柄な体軀《たいく》で、顔が大きく眉が濃かった。

「公儀の目付筋の者だ」

糸川が番頭に身を寄せ、他の客に聞こえないように小声で言った。

「ご、御用件は……」

嘉造の顔がこわばり、声が震えた。

「この店で、無理な要求をした御納戸衆のことで、訊きたいことがある」

糸川は、強請ったとは言わなかった。

番頭はすぐに応えず、戸惑うような顔をしていたが、

「こ、この場では、話せませんので、お上がりになってください」

そう言って、糸川と市之介を売り場に上げた。

番頭が市之介たちを連れていったのは、二階の座敷だった。そこは、上客との商談のための座敷らしかった。

「ここで、お待ちください。すぐに、あるじに話してまいります」

そう言い残し、嘉造は慌てた様子で出ていった。

いっときすると、番頭といっしょに痩身の男が座敷に入ってきた。五十代半ばであろうか。唐桟の羽織に子持縞の小袖、路考茶《ろこうちゃ》の角帯をしめていた。呉服屋のあるじらしい身装《みなり》である。

いっしょに入ってきた番頭は座敷の隅に座し、市之介と糸川に頭を下げると、立ち上がって座敷を後にした。この場はあるじにまかせて、店にもどるらしい。

帳場をあけることができないのだろう。

「あるじの泉右衛門《せんえもん》でございます」

痩身の男が名乗り、糸川と市之介に頭を下げた。

「われらは、公儀の者だ」

糸川はそう言って名乗ったが、市之介は黙っていた。非役の旗本だとは言えないので、目付筋の者と、思わせておくしかなかったのだ。

「さっそくだが、この店に来て御納戸衆を名乗り、無理な要求をした者たちがいるはずだが、そやつらのことで訊きたいのだ」

糸川が言った。すでに、成瀬と山田が話を聞きにきているので、まわりくどい言い方はしなかった。

「……」

泉右衛門の顔がこわばった。膝の上で握りしめた拳が、かすかに震えている。

「何人、来たのだ」

すぐに、糸川が切り出した。

「おふたりでございます」

「名を聞いているか」

い。

「戸部《とべ》さまと森西《もりにし》さまでございます」

「戸部と森西な」

そう言って、糸川はちいさくうなずいただけだった。偽名と思ったにちがいない。

「それで、ふたりが、要求した金額は」

さらに、糸川が訊いた。

「そ、それは……」

泉右衛門は困惑したような顔をして口を閉じたが、腹を決めたようにうなずくと、

「当初、千両と言われましたが、てまえは、そのような大金は出せませんと言って、お断りしました。千両で済めばよろしいのですが、一度金を手にすると、また来る恐れがございます」

そう言って、眉を寄せた。

「それで、ふたりはおとなしく帰ったのか」

糸川が訊いた。

「いえ、それが、命が惜しかったら、警護の武士でも雇えと脅されて」

「千両渡したのか」

「仕方なく、これで、手を引いていただきたいと言って、五百両渡しました。怯えて暮らすことを考えたら、安いものだと思いまして」

そう言った泉右衛門の口許に苦笑いが浮いたが、すぐに消えた。安田屋のような大店には、五百両はそれほどの大金ではないのだろうが、五百両の金でふたりの武士が手を引いた確信がなかったにちがいない。

「それで、ふたりの武士はどうした」

「今日のところは、帰る、と言って、五百両持って店を出ました。その後、ふたりは店に来ておりませんが……」

泉右衛門は不安そうな顔をした。

「そうか」

糸川は、市之介に目をむけ、何か訊くことはあるか、と小声で言った。

「泉右衛門、今後ふたりの武士が店に来たら、あらためて公儀の者が見えたので、包み隠さず話したと言えばいい。そうすれば、手を引くはずだ」

市之介が言った。

すでに、安田屋に話を訊きにきた山田が殺されているので、店を脅したふたりは、公儀の者が訊きにきたことは承知しているはずだった。さらに、安田屋が公儀の者に話したといえば、ふたりは安田屋から別な店に矛先を変えるのではないか、と市之介はみたのだ。

「仰せのとおりにいたします」

泉右衛門が、市之介と糸川に深々と頭を下げた。

2

市之介は糸川とともに安田屋を出ると、西の空に目をやった。陽は西の家並の向こうに沈んでいた。西の空は、茜《あかね》色の夕焼けに染まっている。

「そろそろ暮れ六ツ（午後六時）の鐘が鳴るな」

市之介が言った。

「それらしい姿はないな」

糸川は、通りの左右に目をやった。

「いや、どこかで、おれたちのことを見ているかもしれん」

市之介も、通りに目をやって言った。

通りは、まだ行き交うひとの姿が多かった。そこは中山道だったので、旅人や荷駄を引く馬子の姿などもあった。

ふたりが北にむかっていっとき歩いたとき、石町《こくちょう》の暮れ六ツの鐘が鳴った。その鐘の音が合図でもあったかのように、通りのあちこちから表戸をしめる音が聞こえてきた。通り沿いの店が、商いを終えて表戸をしめ始めたのだ。

市之介はそれとなく通りの左右や背後に目をやったが、跡を尾《つ》けているような者は見当たらなかった。

「糸川、成瀬たちは手配してあるのか」

市之介は、糸川から配下の御小人目付《おこびとめつけ》のなかから成瀬の他に、腕の立つ者をふたり手配すると聞いていた。

「手配してある」

糸川が、奈良登兵衛《ならとうべえ》と谷津剛助《やつごうすけ》の名を口にした。

「おれも、すぐに駆け付けるからな」

市之介が言った。

「頼む」

ふたりが、そんなやり取りをしながら歩いているうちに、前方に筋違御門《すじかいごもん》が見えてきた。そこは神田須田町《すだちょう》である。

そのとき、糸川が背後を振り返り、

「後ろの深編み笠の武士だが、鍋町《なべちょう》辺りでも見たぞ」

と、小声で言った。

市之介がそれとなく振り返ると、一町ほど後ろから深編み笠をかぶった武士がふたり歩いてくる。ふたりとも、たっつけ袴に草鞋《わらじ》履きだった。

……殺気がある！

市之介は、ふたりの身辺に殺気があるのを感知した。

「やつらかもしれんぞ」

ふたりは、御家人ふうではなかった。だが、それと気付かれないようにあえて身装《みなり》を変えてきたとも考えられる。

「おい、もうひとりいるぞ」

市之介は、ふたりの深編み笠をかぶった武士のすぐ後ろに羽織袴姿の武士が歩いているのに目をとめた。その武士の身辺にも殺気がある。

「三人か」

「糸川、どうする」

市之介が訊いた。

「やる、三人でも太刀打ちできるはずだ」

「よし」

市之介も、敵が三人でも後れをとるようなことはないとみた。こちらは、五人である。

「青井、行くぞ」

糸川が右手の細い道に入った。そこは、敵をおびき出すために、糸川がひとりで通ることにしていた道である。

市之介はひとりで、そのまま中山道を北にむかった。そして、一町ほど歩いたところで、後ろを振り返った。

……罠にかかったぞ！

市之介が胸の内で声を上げた。

後ろから来た深編み笠のふたりと背後のひとりが、糸川が入った細い道に足をむけたのだ。しかも、三人とも足早になっていた。糸川との間合をつめようとしている。

市之介は、来た道を駆け戻った。そして、糸川と三人の武士が入った路地に踏み込んだ。

前方に、三人の武士の姿があった。さらに、三人の前方に糸川の姿もある。三人の武士と糸川との間がつまっていた。

市之介は、さらに足を速めた。三人の武士に、近付いていく。

三人の武士は、背後に気を配るようなことはなかった。前を行く糸川に気をとられ、自分たちが跡を尾けられているなどとは思ってもみないようだ。

そこは、須田町から小柳町に入って、しばらく歩いたところだった。

ふいに、前を行く糸川が足をとめた。人家のない寂しい地だった。左手が空き地で、右手は笹藪になっている。

市之介と糸川は、そこを闘いの場と決めていたのだ。

三人の武士が、ばらばらと糸川に駆け寄った。

市之介も走りだした。

そのとき、ザザザッと笹藪を分ける音がし、人影が路地に飛び出し、糸川のまわりに集まった。埋伏《まいふく》していた成瀬、奈良、谷津の三人である。

市之介は、糸川の跡を尾けてきた三人の武士の背後にまわり込んだ。

三人の武士は市之介の足音に気付いて振り返り、

「謀《はか》ったな！」

と、たっつけ袴姿の大柄な武士が叫んだ。

「三人とも逃がすな！」

糸川が抜刀すると、成瀬たち三人も次々に抜刀した。

「おのれ！」

大柄な武士が、「笹藪を背にしろ！」と叫びざま、空き地のなかに踏み込んだ。他のふたりも空き地に駆け込み、笹藪を背にして立った。背後からの攻撃を避けようとしたらしい。

市之介は、大柄な武士が三人の頭格《かしらかく》とみた。そして、大柄な武士の前にまわり込み、およそ四間の間合をとって対峙《たいじ》した。

糸川は中背の武士の前に、成瀬が痩身の武士の前に立った。

一方、奈良と谷津は、三人の武士の右左にまわり込んだ。市之介たち五人は、三人の武士を三方から取り囲んだのである。

3

「笠をとれ！」

市之介が大柄な武士に声をかけた。

ふたりは、まだ抜刀していなかった。大柄な武士は刀の柄《つか》に右手を添え、抜刀体勢をとっている。

「よかろう」

大柄な武士は、深編み笠をとって投げ捨てた。真剣での斬り合いには、笠は邪魔になるのだ。

武士は三十がらみであろうか。眉が濃く、眼光が鋭かった。剽悍《ひょうかん》そうな面構えである。

「名は」

さらに、市之介が訊いた。

「名なしだ」

言いざま、大柄な武士は抜刀した。

すかさず、市之介も抜いた。

市之介は青眼に構え、剣尖《けんせん》を大柄な武士の目線につけた。

対する大柄な武士は、八相《はっそう》にとった。奇妙な構えである。切っ先を背後にむけ、刀身を担ぐように構えた。

そのとき、大柄な武士の顔に驚いたような表情が浮いた。市之介の隙《すき》のない、腰の据《す》わった構えを見て、遣《つか》い手と気付いたようだ。

市之介も大柄な武士の構えを見て、

……こやつ、遣い手だ！

と、胸の内で叫んだ。

大柄な武士の八相の構えには隙がなく、巨岩が迫ってくるような威圧感があった。それに、市之介は武士の構えに斬撃の気配がないのをみて、不気味なものを感じた。何か、秘めていそうだ。

「いくぞ！」

大柄な武士が、間合をつめ始めた。

足許で、ズッ、ズッ、と音がした。爪先で叢《くさむら》を分けるようにして、ジリジリと間合を狭めてくる。

そのとき、市之介は、大柄な武士の柄を握った拳が、すこしずつ上がってくるのに気付いた。

……刀が動いている！

大柄な武士の八相に構えた刀身が、ゆっくりと動いている。背後にむけられていた切っ先が、天空を指すように立ち上がってくるのだ。

天空にむけられた切っ先が、今度は正面にむかって下がってきた。その刀身の動きに合わせるように、大柄な武士は、市之介との間合を狭めてきた。

大柄な武士の切っ先はさらに下がり、市之介の目線にむけられた。

……青眼《せいがん》に構えなおしたのか！

市之介はそう思ったが、大柄な武士は青眼に構えたのではなかった。切っ先をさらに下げ、市之介の目線から離れて、胸の辺りにむけたのだ。

……妙な構えだ！

市之介は、わずかに身を引いた。大柄な武士の刀身の動きと構えに、異様なものを感じたのだ。

大柄な武士は、刀身を下げると同時に腰を沈め、上半身を前に屈《かが》めるように倒してきた。そして、右足を大きく前に出し、上半身を前に折ったように身構え、顔を上げたのである。

「折身《おりみ》か！」

思わず、市之介は声を上げた。

このとき、市之介の目に、大柄な武士の顔が近付いたように感じられ、面に隙があるように見えた。

……誘いだ！

市之介は察知し、わずかに身を引いた。面に打ち込めば、大柄な武士の反撃があるだろう。

そのとき、ギャッ！　という悲鳴が上がり、糸川と対峙していた中背の武士が後ろに後じさった。刀を取り落とし、右腕をだらりと垂らしている。

糸川の斬撃をあびたらしい。小袖が裂け、あらわになった右の二の腕から血が流れ出ている。

中背の武士は苦痛に顔をしかめ、「引くぞ！」と叫びざま反転すると、笹藪のなかに飛び込んだ。バサバサと、笹藪を掻き分ける音がひびいた。

糸川は笹藪の前まで行ったが、反転して市之介の方に走り寄った。市之介に味方するつもりらしい。

これを見た大柄な武士が、

「引け！　引け！」

と、叫び、中背の武士につづいて笹藪のなかに逃げ込んだ。

もうひとり、痩身の武士も反転して大柄な武士の後を追った。

「逃がすな！」

市之介と糸川たちは、笹藪のなかに逃げ込んだ三人の後を追った。だが、逃げる三人との間はつまらなかった。

笹藪は、それほどひろくなかった。笹藪の先には狭い溝《どぶ》があり、溝を隔てた地に借家らしい仕舞屋《しもたや》が二棟並んでいた。逃げた三人の武士は、その仕舞屋の脇を走り抜けた。

いっとき遅れて、市之介や糸川たちも溝を飛び越え、仕舞屋の脇から路地に出た。

「あそこだ！」

糸川が路地の先を指差した。

一町ほど先を三人の武士が走っていく。路地には、ぽつぽつと人影があった。いずれも町人である。

三人の武士の逃げ足は速かった。右腕を斬られた武士も、必死で逃げていく。

市之介たちはいっとき追ったが、三人の武士が右手の路地に走り込んで見えなくなったところで、足をとめた。

「逃げられたか」

糸川が無念そうな顔をして言った。

「後は、茂吉にまかせよう」

市之介がつぶやいた。

こんなこともあろうかと、市之介は茂吉を笹藪の陰にひそませ、逃げる者がいたら、跡を尾けて行き先をつきとめるよう頼んでおいたのだ。

逃げていく三人の武士の背後に、茂吉の姿は見えなかったが、路地沿いの物陰に身を隠しながら三人の跡を尾けたはずである。

「大川端で石塚紀太郎を斬ったのは、あの男かも知れぬ」

糸川が三人の武士の去った通りに目をやりながらつぶやいた。

「あの男とは」

市之介が訊いた。

「おれが、腕を斬った男だ。……強い斬撃で、あやつの袈裟《けさ》への太刀を受けたとき、手が痺れた」

「そうかもしれぬ」

市之介がちいさくうなずいた。

4

茂吉は三人の武士の跡を尾けていた。

そこは、小柳町だった。三人の武士は小柳町を抜けて、平永町《ひらながちょう》に入った。ときおり、背後を振り返って見ていたが、平永町に入ると、背後を振り返ることはなくなった。跡を尾けてくる者はいないと思ったのだろう。

辺りは、濃い夕闇につつまれていた。通りかかる者は、ほとんどいなかった。ときおり、仕事帰りの職人やこれから飲みに行くらしい若い衆などが通りかかるだけである。路地沿いの店は表戸をしめ、ひっそりとしていた。

尾行は楽だった。夕闇が茂吉の姿を隠してくれたのだ。

前を行く三人の武士は、平永町の路地から柳原通りに出た。そして、神田川にかかる和泉橋を渡った。

茂吉は走った。三人の姿が見えなくなったからである。

茂吉が和泉橋の上まで来ると、渡った先の橋のたもとにいる三人の武士の姿が見えた。三人は、何やら言葉をかわした後、二手に別れた。ひとりだけ神田川沿いの道を東にむかい、ふたりはまっすぐ御徒町の方へ歩きだした。

茂吉はふたりの武士の跡を尾けた。右腕を垂らしたまま歩いている中背の武士と、大柄な武士だった。

ふたりの武士は、御徒町通りを北にむかっていく。いっとき歩くと、通りの両側に、武家屋敷がつづくようになった。小身の旗本と御家人の屋敷が多く、いずれも夜陰につつまれひっそりとしていた。

頭上に、弦月《げんげつ》が出ていた。人影のない通りを淡い青磁色に照らしている。ふたりの武士の姿が、その月光のなかに黒く浮き上がったように見えていた。

それから小半刻（三十分）も歩いたろうか。ふたりの武士は、小体な武家屋敷の前で足をとめた。そして、何か言葉をかわした後、大柄な武士だけが、足早に歩きだした。北にむかっていく。

茂吉は、武家屋敷の板塀に身を寄せたまま動きをとめていた。

右手を垂らした武士は、木戸門の前で大柄な武士の後ろ姿を見送っていたが、門扉《もんぴ》をあけてなかに入った。

茂吉は足音を忍ばせて、木戸門に近付いた。先を行く大柄な武士は遠ざかり、その姿は夜陰に紛れて見えなくなっていた。

屋敷のなかで、かすかに物音と話し声がした。男と女の声である。屋敷に入った武士と家にいた者が話しているらしい。

……やつの塒《ねぐら》は、ここか。

茂吉は胸の内でつぶやくと、その場を離れた。


翌日、市之介は自邸から出なかった。三人の武士の跡を尾けた茂吉が、何か知らせてくるのではないかと思ったのである。

茂吉はなかなか姿を見せなかった。午後になって、市之介が糸川に会って様子を訊いてみようと思い、座敷で着替えをしていると、縁先に近付いてくる足音がし、

「旦那さま、おられやすか」

と、茂吉の声がした。

市之介は、急いで袴を穿いて縁側に出た。

「茂吉、何かつかめたか」

すぐに、市之介が訊いた。

「へい、ひとり、居所が知れやした」

茂吉が、須田町から三人の武士の跡を尾けたことから、右腕を斬られた武士の住処をつかんだことまでかいつまんで話し、

「そいつは、阿部勝次郎《あべかつじろう》という御家人でさァ」

と、言い添えた。

茂吉は、右腕を斬られた武士が入った屋敷を確かめた翌日、朝から御徒町に出かけて聞き込み、武士の名が阿部勝次郎で、八十石の御家人であることをつかんだという。

「それで、今日はお屋敷に来るのが遅くなっちまったんでさァ」

茂吉が上目遣いに市之介を見て言った。

「ごくろうだったな。……それで、阿部の役柄も訊いたのか」

市之介は、阿部が御納戸衆かどうか確かめたのである。

「旦那と同じ非役で、若いころから暇を持て余してたそうですぜ」

「そうか」

市之介は、渋い顔をした。旦那と同じは、余分である。

「旦那、どうしやす」

茂吉が訊いた。

「ともかく、阿部の屋敷を見ておくか」

市之介は、阿部の屋敷を見てから糸川と会ってどうするか、相談するつもりだった。

「あっしが、案内しやす」

茂吉が意気込んで言った。

市之介と茂吉は表門を出ると、通りを北にむかって歩いた。そして、四辻を右手に折れ、しばらく歩くと御徒町通りに突き当たった。

「旦那、こっちでさァ」

茂吉が先にたった。

その通りの左右には、小身の旗本や御家人の屋敷がつづいていた。通りかかるのは、中間《ちゅうげん》や若党などを連れた旗本や御家人が多く、町人とはあまり出会わなかった。

茂吉が路傍に足をとめ、

「旦那、そこの板塀をめぐらせた屋敷でさァ」

と言って、斜向《はすむ》かいにある武家屋敷を指差した。

「荒れた屋敷だな」

市之介がつぶやいた。

板塀は所々剝げ落ちていた。屋敷の庇《ひさし》が朽ちて垂れ下がっている。庭に松が植えてあったが、長く植木屋の手が入らないとみえて、樹形が乱れてぼさぼさである。

「内証《ないしょ》は、苦しいようで」

茂吉が小声で言った。

「近所の者から、話が聞けるといいんだが……」

市之介は、阿部だけでなく仲間の武士のことも知りたかった。

「近所を歩いてみやすか」

茂吉が、ここで待っていても、いつ話の聞けそうな者が通りかかるか分からない、と言い添えた。

「そうだな」

市之介と茂吉は、阿部家の門前を通り過ぎた。

5

市之介と茂吉は、通りの左右に目をやりながら歩いた。阿部家のことで、話の聞けそうな者はいないか探したのである。

一町ほど歩いたとき、市之介は御家人の屋敷の木戸門から、初老の武士がひとりで出てくるのを目にした。隠居らしい。袖無し羽織に、軽衫《かるさん》姿だった。腰に脇差だけ差していた。

市之介は武士に歩み寄り、

「しばし、しばし」

と、声をかけて呼びとめた。

「わしかな」

武士は足をとめて振り返った。

「お聞きしたいことがござって。歩きながらでも結構でござる」

「そうか」

武士は歩調をゆるめ、近所に、将棋を指しに行くところだ、と話した。

「この先に、阿部どのの屋敷があるが、ご存じでござるかな」

市之介が阿部の名を出して訊いた。

「知っておる」

武士が眉を寄せた。阿部のことをよく思っていないらしい。

「それがしは、まだ阿部どのの顔も見たことはないのだ。阿部どのは当主らしいが、まだ独り身でござるな。知り合いの者の娘との縁談があるもので」

市之介は適当な作り話を口にした。

「縁談じゃと。あの男には、妻女がおるぞ」

武士が呆れたような顔をした。

「まことでござるか」

「あの男には、十年ほども連れ添った妻女がおる。まだ、子供はいないが……」

武士の声に怒りのひびきがあった。

「それでは、縁談どころではないな。……ところで、阿部どのは御納戸衆と聞いたが、まことでござるか」

市之介は、茂吉から阿部は非役と聞いていたが、話を聞き出すためにそう言ったのである。

「いや、あの男は非役じゃ。御納戸衆だったのは、父親の藤之助《とうのすけ》どのだ」

「親が、御納戸衆だったのですか」

父親が御納戸衆だったので、阿部は御納戸衆の役柄を知っていたのではないか、と市之介は推測した。

それから、市之介は阿部の仲間の武士のことも聞いてみたが、初老の武士は何も知らなかった。

「お手間をとらせました」

そう言って、市之介は足をとめた。

初老の武士が遠ざかると、茂吉が市之介のそばに走り寄り、

「旦那、うまく聞き出しやしたね」

と、感心したように言った。

「そうかな」

「やっぱり旦那は、お奉行所の与力が似合ってやすぜ。旦那が与力になれば、あっしは御用聞きになりまさァ」

茂吉は、ときどき市之介に町奉行所の与力になるよう口にする。茂吉は、御用聞きになりたいらしい。ただ、御用聞きは同心の手先なので、市之介が与力にな

ったとしても、茂吉は同心から手札をもらわねばならない。

「与力な」

市之介は、気のない返事をした。旗本が奉行所の与力になれないことは、分かっていた。町奉行所の与力は、ほとんど世襲なのだ。

それに、いま市之介には、伯父の大草から御徒目付組頭の話があった。その話が実現することを願っており、町奉行所の与力などまったく念頭になかった。

市之介と茂吉は来た道を引き返し、いったん屋敷へもどった。そして、茂吉を糸川のところへ走らせ、明日、笹川へ来るよう伝えさせた。


翌日、笹川の二階の小座敷に、四人の男が集まった。市之介、糸川、彦次郎、それから茂吉である。市之介が、茂吉にも座敷に出るよう話したのだ。茂吉は市之介の脇に、肩をすぼめて座っている。

「茂吉が三人の跡を尾け、ひとりだけ住処《すみか》をつきとめた」

市之介はそう切り出し、阿部の名や屋敷のある場所を話してから、

「阿部は非役だが、父親の藤之助が御納戸衆だったらしい」

と、言い添えた。

「それで、御納戸衆を装って、安田屋を強請ったのか」

糸川が納得したような顔をした。

「どうする。しばらく、阿部を泳がせて、他の仲間の居所をつきとめるか、それとも阿部を捕らえて吐かせるか」

市之介は、どちらにするか、相談するために糸川たちと会ったのである。

「おれが、阿部の右腕を斬ったので、しばらく刀が遣えないはずだ。阿部は傷が癒えるまで、屋敷内に身をひそめているのではないか」

糸川が言った。

「おれもそうみるな」

阿部は出歩けば、腕の負傷から正体が知れてしまうので、仲間との行動は避けるだろう、と市之介も踏んだ。

「それで、阿部の家族や奉公人は、知れているのか」

糸川が市之介に訊いた。

「家族は妻女だけらしい」

市之介はそう言った後、茂吉に目をやり、「茂吉、奉公人のことで、何か話を聞いてるか」と、声をかけた。

「へ、へい、下働きの女がひとりだけ、出入りしてると聞きやした」

茂吉は畏《かしこ》まって、声をつまらせて言った。

「それだけなら、すぐに踏み込んで捕らえられるな」

糸川は乗り気になっていた。

「それで、いつ踏み込む」

市之介が訊いた。

「早い方がいいな。……どうだ、明日では」

「よし、明日踏み込もう」

「念のため、成瀬も連れていく」

糸川が市之介と彦次郎に目をやって言った。

6

陽は西の空にまわっていた。七ツ（午後四時）過ぎである。

風のない静かな日だった。市之介が和泉橋のたもとへ来ると、神田川の岸際に、糸川、彦次郎、成瀬の三人が立っていた。市之介を待っていたのだ。

市之介は足早に糸川たちに近付き、

「待たせたか」

と、声をかけた。市之介たちは、これから阿部の屋敷に踏み込むことになっていたのだ。

「いや、来たばかりだ」

糸川が言った。

「こっちだ」

市之介が先にたった。

市之介たちは、御徒町通りを北にむかった。市之介はしばらく歩いて阿部の屋敷の近くまで来ると、路傍に足をとめ、

「そこの板塀をめぐらせた屋敷だ」

と言って、斜向かいにある武家屋敷を指差した。

「荒れた屋敷だな」

糸川が小声で言った。

「いま、茂吉を連れてくる。様子を聞いてみよう」

そう言い置き、市之介はその場を離れた。

茂吉は先に来て、阿部の屋敷を見張っていることになっていた。おそらく、板塀の陰に身を隠しているだろう。

市之介は屋敷の板塀のそばまで来ると、他家の屋敷との間に踏み込み、板塀に沿って奥へ歩いた。

茂吉は、板塀の近くで枝葉を茂らせている椿の樹陰にいた。そこから屋敷内の様子をうかがっていたらしい。

「茂吉、どうだ、阿部はいるか」

市之介が声をひそめて訊いた。

「いやす」

茂吉によると、屋敷内から阿部と思われる男の声と女の声が聞こえたという。女はしゃがれ声だったので、下働きではないかと言い添えた。

「茂吉、ここにいてくれ。糸川たちを連れてくる」

市之介は、すぐにその場を離れた。

市之介、糸川、彦次郎、成瀬、それに茂吉の五人は、板塀からすこし離れた場所に集まって、踏み込む手筈を相談した。声が屋敷内にいる者たちに聞こえないよう気を使ったのである。

「おれと青井が表から、成瀬と彦次郎は裏手だ」

糸川が言った。

茂吉は板塀の陰にいて、阿部が逃げた場合、跡を尾けて行き先をつきとめることになった。

「いくぞ」

糸川が声をかけ、市之介とともに表門にむかった。

彦次郎と成瀬は、板塀沿いを裏手にまわった。茂吉の話では、裏手にまわると板塀に切戸があって、そこから入ると背戸の前に出られるという。

市之介と糸川は、木戸門の引き戸をあけた。家の戸口は、板戸になっていた。戸締まりはしてないらしく、戸がすこしあいている。もっとも、まだ暮れ六ツ前なので、戸締まりは早いだろう。

戸口の近くまで来ると、屋敷のなかから床板を踏むような足音が聞こえた。戸口近くにだれかいるようだ。

「あけるぞ」

市之介が板戸をあけた。

屋敷のなかは薄暗かった。土間の先に狭い板間があり、その先に障子がしめてあった。座敷になっているらしい。その座敷に、ひとのいる気配がした。

「何者だ！」

ふいに、障子のむこうで声がし、ひとの立ち上がる気配がした。そして、カラリと障子があいた。

姿を見せたのは、阿部だった。阿部は小袖に角帯姿だった。右腕をだらりと垂らしている。

「阿部、神妙にしろ！」

糸川が抜刀した。

すかさず市之介も刀を抜き、刀身を峰に返した。斬らずに、峰打ちで仕留めるつもりだった。

「おのれ！」

阿部がひき攣《つ》ったような顔をして叫んだ。

阿部はすぐに身を引き、右手へ逃げた。刀を遣えないので、逃げるしかないのだろう。右手に廊下があった。廊下から裏手に逃げるつもりらしい。

「逃がさぬ」

市之介が右手へ踏み込んだ。敏速な動きである。

阿部は市之介の前をすり抜けて、廊下へ出ようとした。そのとき、市之介の体がわずかに沈んだように見えた。次の瞬間、閃光《せんこう》が横にはしった。

ドスッ、という鈍い音がし、阿部の上半身が折れたように前にかしいだ。市之介の峰打ちが、阿部の腹に入ったのである。

阿部は苦しげな呻《うめ》き声を上げて前によろめいたが、足がとまると、その場にうずくまった。

すかさず、糸川が身を寄せ、

「動くな！」

と、声をかけて、阿部の首筋に切っ先をむけた。

そこへ、成瀬と彦次郎が裏手から廊下をたどって座敷に入ってきた。表の物音を耳にして駆け付けたらしい。

「成瀬、こいつを縛ってくれ」

糸川が声をかけると、すぐに成瀬が懐から細引を取り出し、彦次郎とふたりで阿部に縄をかけた。そのとき、阿部が悲鳴のような声を上げた。右腕の傷口に、細引がかかったらしい。

突然、裏手の方で瀬戸物でも割るような音がした。だれかいるらしい。

「台所のようです」

彦次郎が言った。

彦次郎、市之介、糸川の三人で、裏手の台所へ行くと、流し場で老女が震えていた。下働きの女らしい。瀬戸物が割れて、女の足許にかけらが飛び散っていた。

阿部の悲鳴を聞いて、洗っていた皿を落としたらしい。

「名はなんというな」

市之介がやさしい声で訊いた。

「お、おくら……」

「おくらか、何も心配することはないぞ。……おれたちは、阿部どのに世話になった者でな。阿部どのが腕を怪我したと聞いたので、医者に連れて行ってやるところだ」

市之介が、おくらを安心させるために思いついたことを口にした。

おくらは市之介の言葉を信じたのか、顔に安堵の色が浮いた。

「阿部どのの妻女は、どうしたな。姿が見えないが」

市之介は、妻女の姿も声も聞こえないので、気になっていたのだ。

「静江《しずえ》さまは、奥で臥《ふ》せっております」

おくらによると、阿部の妻女の静江は、このところ持病の癪《しゃく》が重くなり、奥の寝間で寝ているという。

「そうか、では、妻女どのにも話してくれ。阿部どのは、腕の手当てをしてから屋敷にもどるとな」

「は、はい……」

おくらは、うなずいた。

市之介は、すぐに糸川と成瀬に、阿部を連れ出すよう耳打ちした。そして、糸川たちが阿部を連れ出す頃合をみて、

「おくら、では、阿部どのは連れていくぞ」

と笑みを浮かべて言ってから、表にもどった。

表の座敷で、待っていたのは彦次郎ひとりだった。糸川と成瀬が阿部を連れ出したらしい。

「彦次郎、長居は無用」

市之介は彦次郎とともに戸口から外に出た。

7

市之介たちは暗くなってから、阿部を人影のない通りや路地をたどって彦次郎の家の納屋に連れ込んだ。

納屋といっても、土蔵のような造りで、戸口の板戸をしめてしまえば、声を上げても通りからは聞こえなかった。

市之介たちは、これまでも捕らえた者の訊問に、この納屋を使っていた。ときには、拷問をすることもあった。市之介たちだけの拷問蔵《せめぐら》といってもいい。

納屋のなかは、漆黒の闇につつまれていた。澱んだような大気のなかに、かすかに黴《かび》の臭いがただよっていた。

彦次郎が母屋から燭台を持参し、火を点《つ》けると、土蔵のなかが急に明るくなった。その明かりに照らし出されたのは、市之介、糸川、彦次郎、成瀬、それに捕らえてきた阿部である。茂吉は納屋に入らず、土蔵の戸口で待っていた。

「彦次郎、猿轡《さるぐつわ》をとってくれ」

市之介が声をかけた。途中、阿部が声を出さないように猿轡をかましてここまで連れてきたのだ。

すぐに、彦次郎が阿部の猿轡をとった。阿部は苦しげな呻き声を洩らしただけで、何も言わなかった。

「阿部、ここがどこか分かるか」

市之介が阿部を見すえて言った。

闇のなかで、市之介の顔が燭台の炎のひかりを横から受け、爛《ただ》れたように赭《あか》く浮かび上がっていた。双眸が火を映して熾火《おきび》のようにひかり、刹鬼《せっき》を思わせるような凄みのある顔に見えた。

「……」

阿部は口をひらかなかった。顔がこわばり、肩先が震えている。

「ここは、おれたちの拷問蔵だよ」

市之介は、そう言った後、

「ただ、おぬしは、拷問で責めずにすみそうだ。……おぬしたちが、御納戸衆を名乗って、安田屋から金を強請ったのもはっきりしてるし、仲間といっしょに石塚を襲って斬り殺したことも、はっきりしているからな」

と、声を和らげて言い添えた。

「し、知らぬ。おれは、安田屋のことなど知らぬ」

阿部が声をつまらせて言った。

「おい、すこし往生際が悪いのではないか。……では、なぜおれたちを襲ったのだ」

「……！」

阿部の顔がゆがんだ。顔から血の気が引き、体の顫《ふる》えが激しくなった。

「安田屋の件や石塚を襲ったことは、糸川にまかせよう。おれは、おぬしに剣のことを訊きたいのだ」

市之介が声をあらためて言った。

「おれたちを襲った三人は、おぬしもそうだが、いずれも遣い手だ。……三人は、同門ではないのか」

三人とも遣い手だったので、市之介は剣術道場で同門だったのではないかと思ったのだ。

「ひ、ひとりは、同門だ」

阿部が言った。

「ほっそりした男か」

市之介は、痩身の武士を念頭において訊いた。

「そ、そうだ」

「大柄で、折身の構えをとる男は」

市之介は、三人に襲われたとき対峙した大柄な武士のことを訊いた。

「門人ではないが、稽古をつけてくれたことはある。同じ道場の食客《しょっかく》だったのだ」

「食客か。……それで、名は」

「吉松剛之助《よしまつごうのすけ》どの」

阿部は、大柄な武士の名を口にした。隠す気が薄れたようである。

「吉松は変わった構えをとるが、あの折身の体勢から敵の首を突くのではないか」

市之介は、殺された森川の首に残っていた傷を思い出して訊いたのだ。

「そうだ」

「うむ……」

森川の喉を突いて殺した男は、吉松ということになる。

「ところで、おぬしたちは、何流を遣う」

市之介は、道場名より先に流派を訊いた。流派の方が、話しやすいとみたのである。

阿部は戸惑うような顔をして口をつぐんでいたが、

「一刀流だ」

と、小声で答えた。

「中西派一刀流か」

市之介の住む練塀小路には、中西派一刀流の道場があった。ただ、市之介の屋敷から道場はかなり離れていた。それに、近所の旗本や御家人の子弟の多くが、中西派一刀流の道場に通っていたので、市之介は若いころ、あえて心形刀流《しんぎょうとうりゅう》の道場に通ったのである。

「そうだ」

阿部によると、中西派一刀流だが、練塀小路の道場の門弟ではないそうだ。中西派一刀流の高弟だった福山庄左衛門《ふくやましょうざえもん》という男が、神田多町にひらいた道場だという。

「その道場は、いまもあるのか」

市之介は、福山道場の名を聞いたことがなかった。

「いや、三年ほど前に門をとじた」

阿部が話したことによると、福山は高齢だったため道場の門をとじ、いまは隠居の身だという。

「それで、福山どのは、いまどこに住んでいる」

市之介は、福山に訊けば様子が知れるのではないかと思った。

「道場の脇の母屋で暮らしているはずだ」

「そうか」

市之介は、そこで一息ついた後、

「もうひとりの武士の名は」

と、阿部を見すえて訊いた。

阿部は、戸惑うような顔をして口をつぐんでいたが、

「伊勢田栄助《いせだえいすけ》……」

と、小声で言った。

「伊勢田栄助か」

市之介はその場にいた糸川たち三人に目をやったが、いずれも知らないらしく、首をひねった。

市之介はそれだけ訊くと、阿部の前から身を引いた。後は、糸川にまかせようと思ったのである。

8

糸川は市之介に替わって阿部の前に立つと、

「おぬしたちは、川端で目付筋の者をふたり斬ったな」

と、訊いた。その声には、腹の底から出たような強いひびきがあった。

阿部は答えなかった。無言のまま糸川を見ている。

「ふたりのうちのひとり、石塚紀太郎を斬ったのは、おぬしだな」

さらに、糸川がつづけた。

「……！」

阿部の視線が、戸惑うように揺れた。

「おれは、おぬしの袈裟斬りを受けたとき、手が痺れた。強い斬撃だった。……石塚の傷は、おぬしのような剛剣に斬られたものだ」

糸川が断定するように言った。

阿部がちいさくうなずいて肩を落とした。

糸川は無言のまま虚空に視線をとめていたが、

「材木問屋の鳴海屋から、金を脅し取ったのも、おぬしたち三人だな」

と、声をあらためて訊いた。糸川の物言いがおだやかになり、威嚇《いかく》するようなひびきはなくなった。阿部が石塚を斬ったのを認めたので、隠さずに話すとみたのだろう。

「そうだ」

阿部が小声で答えた。

「おぬしたちは鳴海屋と佐崎屋では作事方を名乗っているが、おぬしが作事方でないとすると、伊勢田か」

作事方の仕事を知らないと、材木問屋の鳴海屋と佐崎屋を脅すことはできない、と糸川はみていたのだ。

「伊勢田は非役だ」

阿部が小声で言った。

「親が、作事方だったのか」

「い、いや、伊勢田が作事方だったのだ」

阿部によると、伊勢田は作事方だったが、五年ほど前、営中の修繕にかかわった棟梁《とうりょう》から多額の賄賂を貰い、特別に便宜をはかってやったことが露見し、作事方をやめさせられたという。

「すると、鳴海屋や佐崎屋から金を出させることを考えついたのは、伊勢田か」

糸川は、金を強請ったとは言わなかった。阿部が話しやすいように、露骨な言葉は避けたのである。

「そうだ」

「ところで、伊勢田の屋敷はどこにある」

糸川が声をあらためて訊いた。

「本郷《ほんごう》だ」

伊勢田家の屋敷は、加賀《かが》百万石、前田《まえだ》家上屋敷の西側、中山道を隔てた武家地にあるという。街道沿いにある古刹《こさつ》の脇の道を入ると、すぐだそうだ。

阿部はそこまで話して、戸惑うような顔をしたが、

「伊勢田は、屋敷にいないかもしれない」

と、小声で言い添えた。

「どういうことだ」

「伊勢田は、近々屋敷を出ると話していたのだ」

阿部は、虚言だったと思われたくないようだ。

「なぜ、屋敷を出るのだ」

「め、目付筋の者に、居所をつかまれる前に屋敷を出るつもりらしい」

「そうか。……ところで、吉松の住処は」

糸川が訊いた。

「吉松どのは、道場の近くの借家に住んでいたが、三年ほど前にそこを出た」

「いまは、どこにいる」

「知らぬ」

「では、どうやって連絡をとっていたのだ」

「泉八《せんぱち》という男が繋ぎ役をしていた」

阿部によると、泉八は伊勢田の屋敷で中間をしていたという。

「泉八は、知っているのだな」

糸川はそう念を押すと、市之介と彦次郎に目をやり、

「すぐにも、伊勢田を押さえたい。屋敷を出る前にな」

と、腹をかためたような顔をして言った。

その夜の阿部に対する訊問は、それで終わった。阿部はそのまま納屋に監禁しておくことになった。

翌日、市之介、糸川、彦次郎、成瀬、それに茂吉の五人は、和泉橋のたもとで待ち合わせて本郷にむかった。伊勢田が屋敷にいるうちに、身柄を押さえるつもりだった。

四ツ（午前十時）ごろである。昨夜、市之介たちは彦次郎の家からの帰りが遅かったために、朝から本郷へむかうつもりだったが、和泉橋のたもとに集まるのをすこし遅くしたのだ。

市之介たちは、神田川沿いの道を西にむかい、昌平橋のたもとに出ると、中山道に入った。中山道を北方にむかい、湯島の聖堂の裏手をしばらく歩くと、右手前方に加賀百万石、前田家の上屋敷の殿舎の甍《いらか》が見えてきた。

前田家の上屋敷が近付いたところで、

「青井、あそこに寺があるぞ」

糸川が前方を指差して言った。

街道の左手に古刹《こさつ》があった。山門が路地に面して立っていた。由緒のありそうな古い山門である。

「そこだな」

市之介たちは路地に入った。

山門の前を過ぎると、路地沿いに武家屋敷がつづいていた。小身の旗本や御家人の屋敷らしい。

「この辺りだな」

市之介たちは、足をとめた。阿部の話では、路地に入ってすぐのところに伊勢田の屋敷はあるとのことだった。

「だれかに訊いてみるか」

糸川が言った。

「むこうから中間が来る。おれが、訊いてみよう」

市之介が、こちらに歩いてくるふたり連れの中間に歩を寄せた。近所の旗本屋敷にでも奉公しているのだろうか。揃いの法被《はっぴ》姿だった。

「ちと、訊きたいことがある」

市之介が中間を呼びとめた。

「あっしらですかい」

顔の浅黒い中間が、首をすくめるようにして訊いた。

「そうだ。この辺りに、伊勢田どのの屋敷があると聞いてまいったのだがな。伊勢田どのの屋敷を知っているか」

「伊勢田さまのお屋敷なら、そこですぜ」

浅黒い顔をした中間が、後方を振り返り、

「そこのお屋敷の向かいにある、木戸門の屋敷でさァ」

そう言って、旗本の屋敷と思われる長屋門を指差した。

市之介たちは中間と別れてから、木戸門のある屋敷の脇まで行ってみた。阿部の屋敷と同じように、伊勢田の屋敷はひどく荒れていた。板塀は所々剝げ落ち、庇が朽ちて垂れ下がっている。

「やけに静かだな」

屋敷のなかから、人声は聞こえなかった。

「物音がする」

糸川が言った。

かすかに、障子をあけしめするような音が聞こえた。だれかいるようである。

「どうする。踏み込むか」

市之介が、糸川たちに目をむけて言った。

「伊勢田がいればいいが、留守だと、帰ってきたとき、おれたちが踏み込んだことが知れてしまうぞ」

糸川がそう言ったときだった。

「だれか、出てきやすぜ」

と、茂吉が声をひそめて言った。

屋敷の玄関先から木戸門の方へ歩いてくる足音がした。

「身を隠せ」

市之介が声をかけ、男たちは板塀の脇に身を隠した。

すぐに木戸門の引き戸があいて、初老の男が出てきた。小袖の肩に継ぎ当てがあった。下男であろうか。中間や小者ではないようだ。

「あの男に訊いてみるか。おれたちが探っていることを、伊勢田に気付かれるとまずいがな」

市之介が言うと、

「あっしが、訊いてきやしょう」

茂吉が、すぐに板塀の陰から路地に出た。

茂吉は初老の男に何やら声をかけ、ふたりで歩きながら話していたが、いっときすると、茂吉は初老の男から離れ、市之介たちのところにもどってきた。

「どうだ、伊勢田は屋敷にいるか」

すぐに、市之介が訊いた。

「それが、伊勢田は屋敷を出たそうですぜ」

「なに！　屋敷を出たと」

思わず、市之介の声が大きくなった。

「へい、昨日、しばらく屋敷をあけるといって出たそうでさァ」

「ひとりで屋敷を出たのか」

「泉八という中間を連れてったそうで」

「泉八もいっしょか。……それで、行き先は」

伊勢田は行方をくらますために屋敷を出たようだ、と市之介は思った。

「下男の話じゃァ、ご新造にも行き先を告げずに出ていっちまったらしい」

「一足遅かったか」

市之介が言うと、糸川たちもひどく残念そうな顔をした。

市之介たちは、念のためふたたび板塀に身を寄せて、屋敷内の様子をうかがったが、屋敷内はひっそりとして話し声も聞こえなかった。ときおり、障子をあけしめするような音や裏手の台所から水を使うような足音が聞こえるだけだった。おそらく、屋敷に残された妻女や下働きの者がたてる音であろう。

第四章　襲　撃

1

市之介が屋敷の玄関から出ると、茂吉が走り寄り、

「旦那さま、お出かけですかい」

と言って、後をついてきた。

「多町までな」

市之介は、神田多町にあったという福山庄左衛門の道場へ行ってみるつもりだった。阿部の話だと、道場をとじて三年ほど経つというが、道場主の福山は近くに住んでいるとのことだった。市之介は、福山に吉松の遣う折身からふるう太刀のことを訊《き》いてみるつもりだった。

「旦那、天下の旗本が、ひとりの供も連れねえで、出かけちゃァいけねえ」

茂吉はそう言って、当然のような顔をしてついてきた。

「勝手にしろ」

市之介には、茂吉の胸の内が分かっていた。茂吉は屋敷にいて、掃除や草取りをしているより、市之介の供をして出歩いていた方が気が晴れるのだ。

市之介は多町に入ってから、通りかかった武士に福山道場はどこにあったか訊くと、すぐに分かった。教えられたとおりにいってみると、古い剣術道場が残っていた。この三年の間、道場は放置されたとみえ、だいぶ傷んでいた。板壁は剝がれ、屋根の庇《ひさし》には蜘蛛の巣が張っていた。

道場の脇に家があった。福山の住む家らしい。

市之介と茂吉は、家の戸口まで行ってみた。家のなかで、話し声が聞こえた。しゃがれ声である。年寄りの男女が、話しているらしい。市之介は、福山と妻女ではないかと思った。

「茂吉、近所でな、この道場の食客だった吉松のことを聞き込んでみてくれ」

市之介は、吉松の居所が知りたかったこともあるが、茂吉を連れて福山の家に入りづらかったのだ。

「承知しやした」

茂吉は、意気込んでその場を離れた。茂吉は、岡っ引きにでもなった気でいるようだ。

ひとりになった市之介は、家の戸口に立ち、

「福山どのは、おられますか」

と、板戸越しに声をかけた。いきなり戸をあけて踏み込むのは、気が引けたのである。

「どなたかな」

板戸のむこうで、男のしゃがれ声が聞こえた。

「青井市之介ともうす者でござる。福山どのに、お尋ねしたいことがあってまいりました」

市之介は、隠さずに名乗った。

いっとき間をおいてから、

「入られよ」

と、男のしゃがれ声が聞こえた。

市之介は引き戸をあけた。狭い土間の先が、すぐに座敷になっていた。座敷に

老齢の武士がひとり端座《たんざ》していた。手に湯飲みを持っていた。茶を飲んでいたらしい。

老齢の武士は土間に入ってきた市之介に、

「福山だが、わしに何か訊きたいことがあるとか」

と、静かな声で言った。

この武士が、福山庄左衛門らしい。還暦にちかいだろうか。鬢《びん》や髷《まげ》は白髪だった。老齢だが、首が太く肩幅がひろかった。腰も据《す》わっている。身辺には剣の遣い手らしい威風《いふう》がただよっていた。

「はい、実は当道場におられた吉松剛之助どののことで、お訊きしたいことがあって参ったのです」

市之介は吉松の名を出した。

「吉松な、もう何年も前に、道場を出ていったきりだが」

そう言って、福山は眉を寄せた。渋い顔をしている。吉松のことをよく思っていないらしい。

「吉松どのは、ここを出た後、道場に姿を見せないのですか」

「道場を閉じた後、二、三度顔を見せたが……。それも、三年も前のことだ」

「吉松が、いまどこにいるか、ご存じないわけですね」

市之介は、吉松の居所が知りたかった。

「知らぬな。吉松とは、縁が切れて久しい」

「もうひとつ、福山どのに訊きたいことがあって参ったのですが」

市之介が声をあらためて言った。

「どんなことかな」

「吉松の遣う剣のことです」

吉松は折身の構えから相手の喉を突くのではないか、と市之介はみていた。そのことは、阿部にも訊いていた。

市之介が相手の喉を突く技らしいと言い添えると、

「おそろしい技だ」

そう言って、福山は顔をけわしくした。双眸《そうぼう》に、剣客らしい鋭いひかりが宿っている。

「一刀流に、そのような技があるのですか」

市之介が訊いた。

「ない、吉松が自ら工夫した技だ。吉松は、折身突きと称していた」

「折身突き……」

「そうじゃ。折身の構えから、敵の喉を突いて仕留める。必殺の技だ」

福山が虚空を睨《にら》むように見すえて言った。

「吉松は、何流を遣うのですか」

市之介は、一刀流ではないような気がした。

「馬庭念流《まにわねんりゅう》だ」

福山によると、吉松は上州で馬庭念流を修行し、街道筋を旅しながら剣術の修行をしたそうだ。そうした修行のなかで、工夫したのが折身突きだという。

馬庭念流は、上州馬庭の地に住む樋口《ひぐち》家に伝わる流派である。そのため、馬庭念流を身につけた者は上州の地に多い。

吉松は上州で馬庭念流を身につけ、廻国修行のなかで独自に折身突きを工夫した後、江戸に出たらしいという。

「あの折身突きは、稽古のなかでは遣えぬ禁じ技だ」

福山によると、たとえ竹刀であっても、まともに折身突きをくらうと、喉が突き破られ、命を落とすことがあるという。

「たしかに……」

市之介は、稽古のなかでは遣えない技だと思った。

2

「そこもとは、吉松の遣う折身突きと立ち合ったことがあるのか」

福山が声をあらためて市之介に訊いた。

「あります」

そう答えたが、市之介は折身に構えた吉松と対峙《たいじ》しただけで、突きを受けたわけではなかった。

「よく逃れられたな」

福山が感心したように言った。

「それが、吉松が突きをはなつ前に、間に入った者がいて、立ち合いは途中で終わってしまったのです」

そのときの状況を話すと長くなるので、市之介は、くわしいことは話さなかった。

「そうか」

福山はちいさくうなずいた。

「この先、吉松と立ち合うことになるはずです。福山どの、折身突きがどのような技か教えていただけませぬか」

「おぬし、折身突きと立ち合う気か」

「そのつもりです」

市之介は、一度吉松の折身突きと切っ先をむけ合っていたので、ひとりの剣客として勝負の決着をつける気でいたのだ。

「よかろう」

福山は立ち上がり、座敷の隅に置いてあった大刀を手にした。

福山は戸口から出ると、市之介を連れて道場の裏手にまわった。そこは、雑草におおわれた空き地になっていた。ただ、草丈は低く、足場としてはそれほど悪くなかった。それに、地面も踏み固められている。

「ここは、道場をひらいていたころ、門弟たちが素振りや型稽古をした場所じゃ」

そう言うと、福山は袴の股《もも》だちを取った。

市之介も股だちを取り、福山と三間ほどの間合をとって向き合った。

「真剣なのでな、ゆっくりした動きでやるぞ」

そう言って、福山は刀を抜いた。

市之介も刀を抜くと、青眼《せいがん》に構え、切っ先を福山の目線につけた。

「いい構えだ」

福山が目を細めた。顔に嬉しげな表情が浮いた。久し振りで剣術の稽古ができることが、嬉しいのかもしれない。

「吉松は、まず八相《はっそう》に構えたはずじゃ」

そう言って、福山は八相に構えた。切っ先を背後にむけ、刀身を担ぐように構えた。吉松が見せた構えと同じである。

市之介の目に、福山の体が大きくなったように感じられた。覇気があり、全身に気勢が満ちている。

……福山どのは、衰えていない。

と、市之介は感知した。道場をとじた後も、それなりに稽古をつづけていたのかもしれない。

「まいるぞ」

福山が間合をつめ始めた。

福山の構えはまったくくずれず、大樹と対峙しているような威圧感があった。間合が狭まるにつれ、福山の刀の柄《つか》を握った拳がすこしずつ上がってきた。それにつれて、背後にむけられていた刀身がしだいに高くなり、切っ先が上空にむけられてきた。吉松が市之介に見せた動きと同じである。

「こうやってな、吉松は体の動きに合わせ、刀を背後から前に持ってくるのじゃ」

福山が間合をつめながら言った。

「……」

市之介は無言でうなずいた。すでに、そうした吉松の動きは、以前闘ったときに目にしていたのだ。

福山の切っ先はゆっくりと弧を描き、背後から天空へむけられた。そして、すこしずつ下がってきた。いっときすると、剣尖《けんせん》が市之介の目線につけられ、さらに下がった。この間に、福山は市之介との間合をつめ、斬撃の間境《まざかい》に迫っていた。

市之介は青眼に構えたまま、剣尖を福山の目線につけている。

福山は徐々に切っ先を下げ、剣尖を市之介の胸の辺りにむけた。刀身が下がってくるのに合わせ、福山は腰を沈め、上半身を屈《かが》めるように前に倒し始めた。

「ここから、折身をとる」

福山が言った。

「おお」

市之介が応えた。

福山は刀身をさらに下げ、腰を沈めて上半身を前に屈めるように倒し始めた。

そして、右足を大きく前に出して上半身を折ったように倒し、顔を上げて身構えた。

「これが、折身の構えじゃ。このとき、吉松は面に隙《すき》を見せる。敵に斬り込ませるためだ」

「誘いか」

「そうじゃ。ゆっくりと、斬り込んできてくれ」

福山が言った。

タアッ！

市之介が気合を発して仕掛けた。

青眼から振りかぶりざま真っ向へ——。市之介は、福山を傷つけないようにゆっくりと刀身を下げた。

すかさず、福山が切っ先を跳ね上げた。そして、市之介の刀と己の刀の鎬《しのぎ》を擦り合わせるようにして、市之介の刀身をはじいた。次の瞬間、福山の切っ先が槍《やり》穂《ほ》のように前に伸びた。

……突きか！

思わず、市之介は胸の内で叫んだ。

福山の切っ先は、市之介の喉から一尺ほどの間をとってとまった。

「これが、折身突きか！」

市之介が声を上げた。

福山は刀を下ろし、

「そうじゃ。ただ、わしは吉松が遣う折身突きを真似ただけじゃ。吉松の折身突きは、もっと鋭い」

そう言った福山の声に、高揚したひびきがあった。福山の顔が紅潮し、双眸が切っ先のような鋭いひかりを宿している。いま、福山はひとりの剣客になりきっているようだ。

「恐ろしい技です」

市之介の脳裏に、喉を突かれて死んでいた森川の血塗《ちまみ》れになった姿がよぎり、身震いがした。

「吉松の折身突きとまともにやり合ったら、勝てぬな」

そう言って、福山は刀を鞘に納めた。

「いかさま」

市之介も、吉松の折身突きを破るのは、むずかしいと思った。

「わしなら、逃げるな」

福山が市之介を見つめて言った。

「逃げるのですか」

思わず、市之介は聞き返した。

「そうじゃ。逃げて、突きをはずせば、勝機がある。吉松は突きをはなった後、動きがとまる。しかも、次の太刀をふるうためには、構えなおさねばならぬ」

福山はそう言うと、踵《きびす》を返し、母屋の方へむかって歩きだした。

市之介は福山の後について歩きながら、

……突きから、逃げるのか。

と、胸の内でつぶやいた。

3

市之介が福山の家の戸口から出ると、茂吉が待っていた。

「どうだ、何か知れたか」

市之介は、来た道を帰りながら茂吉に訊いた。今日は、このまま屋敷に帰るつもりだった。

「へい、道場の近所に住む政吉《まさきち》ってえ職人から聞いたんですがね。三日ほど前《めえ》、近くの通りを歩いている吉松を見かけたそうでさァ」

茂吉によると、政吉は吉松が道場にいるころから知っていたという。

「それで」

市之介は話の先をうながした。

「吉松は町人と歩いていたそうでさァ」

「その町人は、何者だ」

市之介は、その町人が何者なのか見当もつかなかった。

「政吉は、その町人が中間のような格好をして、吉松と歩いているのを何度か見たことがあると言ってやしたぜ」

「泉八か！」

市之介の足がとまった。

「あっしも、泉八とみやした」

茂吉が得意そうな顔をして胸を張った。

「泉八は、一味の繫ぎ役だ。……伊勢田が、泉八を使って吉松と連絡をとったのかもしれんな」

「旦那、あっしが政吉から聞き出したのは、それだけじゃァねえんで」

そう言って、茂吉がゆっくりと歩き出した。

市之介は、茂吉といっしょに歩きながら訊いた。

「何を聞き出したのだ」

「泉八の塒《ねぐら》でさァ」

「塒が分かったのか」

また、市之介の足がとまった。

「政吉が知ってやしてね。……神田須田町の長屋だそうで」

茂吉も足をとめた。

「須田町か、遠くないな」

神田須田町は中山道沿いにひろがっており、多町から近かった。

「泉八がいまもそこにいるかどうか、分からねえんでさァ」

茂吉が聞いた政吉の話によると、泉八は二年ほど前までその長屋に住んでいたが、いまもそこにいるかどうか分からないという。

「長屋の名は分かるのか」

市之介は、長屋に行って確かめてみようと思った。

「伝蔵店《でんぞうだな》だそうで」

「これから行ってみるか」

「へい」

ふたりは足早に歩き、いったん中山道に出てから北に足をむけた。

いっとき歩くと、須田町に出た。須田町は、中山道の両側にひろがっている。

「だれかに訊くと早いが、伝蔵店だけで、分かるかな」

市之介が言った。近所の住人なら知っているだろうが、離れた場所に住む者は知らないだろう。

「近くに、茂乃屋《しげのや》ってえ両替屋があるそうですぜ」

「茂乃屋な」

市之介は、茂乃屋がどこにあるか知らなかった。

「だれかに、訊いてみやすか」

そう言って、茂吉は中山道沿いにあった下駄屋に立ち寄り、店のあるじらしい男から話を聞いた。

「茂乃屋は、そこの通りを入《へえ》った先にあるそうですぜ」

茂吉が街道の右手を指差した。

小柳町の方へつづいている通りがあった。通り沿いには店屋が並び、行き交うひとの姿も多かった。

市之介と茂吉は、通りに入った。しばらく歩くと、両替屋が目にとまった。通りすがりの者に訊くと、その店が茂乃屋とのことだった。

「長屋など、ありそうもねえなァ」

茂吉が通りに目をやって言った。

そこは表通りで、大店《おおだな》が目についた。通り沿いに、長屋につづく路地木戸はなかった。

市之介は通りかかったぼてふりに、近所に長屋はないか、訊いてみた。ぼてふりの話では、茂乃屋のむかいに路地があり、そこを入ると、長屋があるとのことだった。

「伝蔵店か」

市之介がぼてふりに訊いた。

「そうでさァ」

ぼてふりは答えると、すぐに市之介から離れていった。

市之介と茂吉は、ぼてふりが教えてくれた路地に入った。一町ほど歩くと、路地沿いに長屋につづく路地木戸があった。

「あれだな」

市之介たちは、路地木戸の脇で足をとめた。

「長屋に入る前に、泉八がいるかどうか確かめたいな」

市之介は、迂闊に長屋に踏み込んで、泉八に気付かれたら逃げられてしまうと思ったのだ。

「あっしが、そこの八百屋の親爺に訊いてみやすよ」

茂吉が、路地木戸の斜向《はすむ》かいにある八百屋に足をむけた。小体な店だった。長屋の住人らしい女が、店の親爺らしい男と話していたが、すぐに青菜を手にして店先から離れた。夕餉《ゆうげ》の菜に使うために買いにきたらしい。

茂吉は親爺に何か訊いていたが、いっときすると市之介の許にもどってきた。

「旦那、泉八は伝蔵店に住んでるそうですぜ」

茂吉が言った。

「そうか！」

市之介は、泉八の居所をつかんだ、と思った。

「ただ、いまは長屋にいねえかもしれねえ」

茂吉が小声で言った。

「どういうことだ」

「八百屋の親爺の話じゃァ、泉八が長屋にいることはすくねえそうでさァ」

茂吉が親爺から聞いた話によると、泉八の女房が、二年ほど前に病で死んでから、泉八は長屋にいないことが多くなったという。

「旦那、どうしやす」

茂吉が訊いた。

「せっかく、来たのだ。もうすこし、泉八を探ってみるか」

市之介と茂吉は路地木戸からすこし離れ、路傍の樹陰に身を隠して話の聞けそうな長屋の住人が出てくるのを待った。

　市之介たちは、路地木戸から出てきた男や女房などに、それとなく泉八のことを訊いた。住人たちの話では、泉八は長屋にいることはすくないが、夜になるともどってくることがあるらしい。また、泉八は武家屋敷で中間をしているらしく、武士の供をして歩いていることもあるという。

　また、泉八の体軀《たいく》は痩せていて、すこし猫背とのことだった。

　市之介は屋敷にもどりながら、

「泉八を捕らえれば、吉松たちの居所がつかめそうだな」

　と、茂吉に声をかけた。

「旦那、あっしが伝蔵店を見張って、泉八が姿を見せたら知らせやすよ」

「気付かれないようにな」

　市之介は、泉八が長屋にもどったら捕らえようと思った。

4

　市之介が茂吉と須田町に出かけた翌日、糸川と彦次郎が青井家に姿を見せた。

三人は縁側に面した座敷に腰を落ち着けると、

「泉八の居所が知れたよ」

市之介が言い、茂吉とふたりで須田町にある伝蔵店をつかんだことを話した。

「さすが、青井だ。やることが早い」

糸川が感心したように言った。

「いや、茂吉が探ってきたのだ。それにな、泉八は長屋にいないことが多いらしい。泉八を捕らえて口を割れば、吉松たちも捕らえられるとみたのだが、すぐに泉八を捕らえることはできないのだ」

「そうか」

糸川が残念そうな顔をした。

「ところで、ふたりは、おれに何か話があって来たのではないか」

市之介が声をあらためて訊いた。

「実は、青井の耳に入れておきたいことがあってな」

糸川の顔に、憂慮の翳《かげ》が浮いた。糸川はいっとき間を置いてから話をつづけた。

「おれの配下の目付筋の者が何人か、吉松たちに尾《つ》けられたのだ。幸い、人通りの多い場所で気付いたり、四、五人いっしょだったりして、襲われることはなかったが、いつ襲われるか分からないのだ」

「うむ……」

吉松たちは、糸川たちの目から逃れようとしているだけではないようだ。

「きゃつらは、町方が自分たちに手は出さないことを承知していて、おれたち目付筋の者が手を引けば、捕らえられることはないとみている。……それで、森川たちや山田を斬り、さらに探索にあたっている者を狙っているのだ」

糸川の話は、さらにつづいた。

「それで、配下の者たちの動きがにぶい。聞き込みや探索にあたっているが、何人もでまとまり、人出の多いところしか行かないようだ」

糸川の口吻《こうふん》に、怒りのひびきがくわわっていた。

市之介は、目付筋の者が尻込みするのも無理はないと思った。仲間の森川と石塚、さらに山田までが無惨に殺されているのだ。その上、跡を尾けられたりすれば、吉松たちを恐れて、まともに探索にあたれないだろう。

「早く吉松たちを捕らえるしかないな」

市之介が言った。

「そうだな」

糸川はけわしい顔をしてうなずいた後、

「もうひとつ、青井に話すことがあるのだ」

と、声をあらためて言った。

「なんだ」

「吉松たちが狙っているのは、おれたちだけではない。当然、青井も狙われているはずだ。それに、青井は茂吉とふたりだけで歩きまわることが多い。……油断するなよ」

糸川が市之介を見つめて言った。どうやら、このことを言うために、糸川たちは屋敷に来たらしい。

「……」

市之介は無言でうなずいた。

糸川と彦次郎は、つると佳乃が運んできた茶を飲んでから腰を上げた。

茂吉は、青井家を出た糸川と彦次郎の背に目をやっていた。茂吉はこれから須田町へ行き、伝蔵店に泉八がいるかどうか、探りに行くつもりで通りに出ると、糸川と彦次郎の姿が目にとまったのだ。

糸川と彦次郎は、神田川の方へむかって歩いていく。

そのとき、路地からふたりの男が通りに出てきた。ひとりは羽織袴姿で、二刀を帯びていた。もうひとりは、町人だった。武士に仕える小者であろうか。ふたりは、糸川たちから一町ほど間をとり、物陰や通行人の背後に身を隠すようにして歩いていく。

……あいつら、糸川さまたちを尾けている！

と、茂吉は察知した。

すぐに、茂吉は表門の脇のくぐりからなかに入り、庭へまわった。市之介は庭に面した座敷にいるとみたのである。

茂吉は縁先へ駆け寄り、

「旦那！　旦那！」

と、大声で呼んだ。

すぐに、障子のむこうで、ひとの立ち上がる気配がし、カラリと障子があいた。

姿を見せたのは市之介である。

「旦那、大変《てえへん》だ！」

茂吉は市之介の顔を見るなり、声を上げた。

「どうした、茂吉」

すぐに、市之介が訊いた。

「い、糸川さまたちが！」

茂吉が声をつまらせて言った。

「糸川たちが、どうした」

「ふたりの男が、糸川さまたちを尾けていきやした」

「なに、糸川たちを尾けたと」

市之介が驚いたような顔をした。

「へ、へい」

「茂吉、ふたりを追うぞ。門のところで、待っていろ」

言いざま、市之介は座敷にもどった。刀を手にして、玄関へまわるらしい。

茂吉が表門の脇にいると、すぐに市之介が飛び出してきた。

「茂吉、行くぞ」

市之介が走りだした。

茂吉は慌てて市之介の後を追いながら、

「だ、旦那、糸川さまたちが、どこへ行ったか、分かるんですかい」

と、訊いた。すでに、糸川たちだけでなく、跡を尾けたふたりの男の姿も見えなくなっていた。

「分かる。ふたりは、彦次郎の家にむかったはずだ」

糸川は、彦次郎の家に立ち寄り、監禁している阿部から、もう一度吉松たちの居所を訊いてみる、と言い残して屋敷を出たのだ。

5

糸川と彦次郎は、練塀小路を神田川の方へむかって歩いていた。彦次郎の家は、通りの先の神田相生町《あいおいちょう》にあったのだ。糸川たちは、背後から尾けてくるふたりの男に気付いていなかった。

相生町が近くなったとき、糸川たちは練塀小路から脇道に入った。その道沿いに、彦次郎の家はある。

そこは練塀小路よりさびしい通りで、道沿いには、禄高の低い御家人の屋敷がつづいていた。人影はすくなく、ときおり御家人や小者らしい男などが通りかかるだけである。

糸川は脇道に入ってしばらく歩いたとき、背後から走り寄る足音を聞いた。振り返ると、駆け寄ってくるふたりの武士の姿が目に入った。糸川は知らなかったが、ひとりは町人と糸川たちの跡を尾けていた武士である。もうひとり、武士がくわわったらしい。町人は、そばにいなかった。どこかに身を隠しているのだろう。

「伊勢田だ！」

糸川は、ひとりの武士に見覚えがあった。小柳町で闘ったとき、吉松といっしょにいた痩身の武士である。もうひとりは、見覚えがなかった。中背で、まだ若い感じがした。

「おれたちを襲う気だ！」

彦次郎が、うわずった声で言った。

「ふたりなら、太刀打ちできる」

糸川は逃げずに、ここでふたりを迎え撃とうと思った。

そのときだった、前方の武家屋敷の板塀の陰から、大柄な武士が通りに姿をあらわした。

「吉松だ！」

彦次郎が、叫んだ。

「挟み撃ちか」

糸川は、吉松たちが、ここで糸川たちを襲うために三人で待ち伏せしていたことを察知した。

「彦次郎、塀際に寄れ!」

そう言って、糸川は近くにあった武家屋敷の板塀に走り寄った。背後からの攻撃を避けようとしたのだ。

糸川と彦次郎は、板塀を背にして立った。

右手から吉松が、左手から伊勢田と中背の武士が走り寄った。糸川の前に吉松が立ち、彦次郎の前には伊勢田が走り寄った。

もうひとりの若い武士は、彦次郎の左手にまわり込んだ。浅黒い顔をした眼光の鋭い男である。

糸川は若い武士の顔に見覚えがなかった。新しく吉松たちの仲間にくわわったのであろうか。

「糸川、今度はおれたちが襲う番だ」

吉松が言いざま、抜刀した。

つづいて、彦次郎の前に立った伊勢田が抜き、左手にまわり込んだ若い武士も抜刀した。

「おのれ！」

糸川も刀を抜いた。

彦次郎も抜いたが、顔が恐怖でゆがみ、手にした刀身が小刻みに震えていた。

「おぬしは、おれが斬る」

吉松は糸川に対峙して八相にとった。切っ先を背後にむけ、刀身を担ぐように構えた。折身突きの構えである。

対する糸川は青眼に構え、切っ先を吉松の目線につけた。隙のない、腰の据わった構えだった。糸川も、市之介と同じ心形刀流の遣い手である。

このとき、市之介は茂吉とともに練塀小路から脇道に入っていた。

「旦那、もっと速く！」

茂吉が先にたって言った。茂吉は、なかなか足が速かった。いや、市之介が遅いのだろう。

「おお……」

市之介は懸命に走った。

脇道に入っていっときすると、前方に数人の武士が立っているのが見えた。手にした刀がひかっている。

「あそこだ！」

市之介は声を上げ、さらに足を速めた。

糸川は、吉松と対峙していた。彦次郎の前に立っているのは、伊勢田だった。左手に、見覚えのない若い武士がいる。

彦次郎は左袖が裂け、あらわになった左の二の腕にかすかに血の色があった。伊勢田たちの斬撃を受けたらしい。

「待て！　待て」

叫びざま、市之介は彦次郎の左手に立っている若い武士の背後に走り寄った。彦次郎があやういとみたのである。

「青井さま！」

彦次郎が声を上げた。

若い武士は踵を返し、青眼に構えて切っ先を市之介にむけた。遣い手らしい。構えに隙がなかった。ただ、やや腰が高かった。真剣勝負の経験がなく、気が昂《たかぶ》っているせいであろう。

市之介は抜刀し、八相に構えると、
イヤアッ！

と、裂帛《れっぱく》の気合を発し、一気に若い武士に迫った。

若い武士は市之介の迫力に気圧《けお》されたらしく、青眼に構えたまま後じさった。

かまわず、市之介が突進すると、若い武士はさらに後じさった。これを見た市之介は、彦次郎の前に立っていた伊勢田に急迫した。そして、彦次郎の脇に立つと、青眼に構えて伊勢田に切っ先をむけた。

「青井か！」

伊勢田は、八相に構えた。市之介と闘うつもりらしい。

そのとき、糸川と対峙していた吉松が、

「斬れ！　青井も斬れ」

と、叫んだ。

すると、若い武士も市之介の左手にまわり込み、青眼に構えて切っ先を市之介にむけた。

市之介は、糸川と吉松に目をやった。すばやい動きである。

……折身突きの構えだ！

吉松は糸川に対し、折身突きの構えをとっていた。対する糸川は青眼に構え、切っ先を吉松にむけている。

6

糸川と吉松は、三間半ほどの間合をとって対峙していた。

吉松は八相に構え、切っ先を背後にむけて、刀身を担ぐような構えをとった。折身突きの構えである。

……この構えから、喉を突いてくるのか。

糸川は、吉松が折身突きをはなつ構えをとっていることを察知した。市之介から、吉松が背後に切っ先をむける構えから刀身を動かし、喉を狙って突きをはなつことを聞いていたのだ。

「いくぞ！」

吉松が間合をつめてきた。

その動きに合わせるように、吉松は刀身を背後から上空にむけ、弧を描くように切っ先を糸川にむけて下げてきた。しだいに腰を沈め、上半身を前に屈めるように倒し始めた。

……折身か！

糸川が胸の内で声を上げた。

そのとき、糸川は吉松の面に隙があるのを感知した。

思わず、糸川が面に斬り込もうとしたとき、脳裏に、面に斬りこめば、喉を突かれる、と市之介が口にした言葉がよぎった。

咄嗟《とっさ》に、糸川は右手に身を引こうとした。

刹那、吉松の刀身が跳ね上がり、糸川の刀身をかすめた。糸川が面に斬り込まなかったため、刀身を弾かれずに済んだのだ。

次の瞬間、吉松の切っ先が前に伸びた。神速の突きである。吉松の切っ先が、身を引こうとして体を右手に倒しかけた糸川の左袖をとらえた。

ザクリ、と糸川の小袖の左袖が裂けた。

あらわになった糸川の左の二の腕に、血の線がはしった。糸川は、さらに後ろへ逃げた。

糸川は吉松との間合があくと、ふたたび青眼に構えた。左腕が血に染まっている。ただ、それほどの深手ではなかった。薄く皮肉を斬り裂かれただけである。咄嗟に、身を引いたため、喉を突かれずに済んだのだ。

「よく、かわしたな」

吉松の口元に薄笑いが浮いた。だが、糸川にむけられた双眸は、笑っていなかった。獲物を追う狼のような目である。

「だが、次は仕留める」

そう言って、吉松はふたたび八相に構えた。折身突きをはなつ構えである。

……次はかわせぬ。

と、糸川は思った。背後の板塀との間が、一尺ほどしかない。これ以上、後ろに下がれないのだ。

このとき、市之介は伊勢田と対峙していた。

伊勢田は、八相に構えていた。折身突きの構えではなかった。両肘を高くとり、切っ先を上空にむけている。突きではなく、袈裟か真っ向へ斬り込んでくる構えだった。

……なかなかの遣い手だ。

市之介は察知した。

伊勢田の構えには隙がなく、上から覆いかぶさってくるような威圧感があった。だが、市之介は臆さなかった。伊勢田の構えには、敵を一撃で倒そうとする強い気魄《きはく》が感じられなかったのだ。

左手にいる若い武士は、青眼に構えて切っ先を市之介にむけていたが、斬り込んでくる気配を見せなかった。この場は、伊勢田にまかせるつもりらしい。

市之介は、糸川に目をやった。

……糸川が、危うい！

と、市之介はみた。

糸川は、板塀に背を寄せて右手に逃れようとしていた。その糸川の動きに合わせて、吉松は糸川を追っていく。

イヤアッ！

突如、市之介は裂帛の気合を発し、斬り込んでいく気配を見せた。

伊勢田が身を引いた。市之介が斬り込んでくるとみたようだ。この一瞬の隙をとらえ、市之介は糸川の脇に身を寄せ、

「吉松、おれが相手だ！」

と、声を上げた。
吉松は戸惑うような素振りを見せたが、一歩身を引いて糸川との間合をとり、
「伊勢田、青井の左手へまわれ」
と、声をかけた。
すぐに、伊勢田が、市之介の左手にまわり込んできた。そして、八相に構える
と、斬り込んでくる構えを見せた。
市之介は、左手にいる伊勢田に体をむけた。
……動きがとれない！
と、市之介は思った。伊勢田に体をむけたため、かえって吉松の攻撃に対応で
きなくなったのだ。
これを見た吉松は、折身突きをはなつ構えをとり、糸川との間合をつめ始めた。
糸川があやうい、と市之介はみた。
糸川は、背後に下がれず、市之介のいる左手に逃れることもできなくなった。
吉松の突きをかわすのは、至難であろう。
一方、彦次郎は若い武士と向き合っていたが、若い武士に攻められて腰が引け
ていた。このままでは、彦次郎も斬られる。

このとき、茂吉は市之介たちからすこし離れた路傍の樹陰で、闘いの様子を見ていた。

……旦那たちが、あぶねえ!

と、茂吉は思った。

茂吉のように剣の心得がない者の目にも、市之介たち三人が吉松たちに追い詰められているのが、分かったのである。

茂吉は樹陰から通りに走り出た。そして、だれか助けてくれる者はいないか探した。すると、通りの先に、武士が三人の従者を連れてこちらに歩いてくるのが、目に入った。羽織袴姿の武士だった。近所の屋敷に住む御家人ではあるまいか。三人の従者は、中間がひとり、小者がふたりである。小者は、挟み箱を担いでいた。

茂吉は武士に走り寄り、懐から十手を取り出した。十手は懇意にしている岡っ引きから貰った物で、すこし錆びている。

茂吉は武士の前に走り寄り、

「た、助けてくだせえ! 旦那たちが、殺されやす」

と、十手を武士に見せながら叫んだ。

「ど、どうしたのだ」

武士は、驚いたような顔をして足をとめた。

「旦那たちが辻斬りを追ってここまで来たら、仲間のふたりが待ち伏せしていて取り囲んだんでさァ」

茂吉は、子細を話す余裕がなかったので、相手は辻斬りにしておいたのだ。

「だ、だが、おれには……」

武士が声を震わせて言った。武士は、腕に覚えがないようだった。当惑したような顔をして、体を震わせている。

「お供の三人に、手を貸してもらえればいいんで」

茂吉は、武士の背後にいる三人に、

「あっしといっしょに、遠くから石を投げてくだせえ」

と、縋《すが》るような目をむけて言った。

「やるぜ！　石を投げるだけなら、わけねえ」

若い中間が言った。

すると、小者のふたりも、「おれもやる」「手を貸すぜ」と言って、身を乗り出してきた。

「よし、三人で行って、助けてやれ」

武士が大声で言った。体の顫《ふる》えが収まっている。

茂吉は三人の男とともに、市之介たちが三人の武士と闘っているそばに近付き、足許にある小石をつかんだ。近付いたといっても、なんとか投石がとどく距離までである。

「石を投げろ！」

叫びざま、茂吉が手にした礫《つぶて》を投げた。

三人の男は、吉松たちを狙って次々に礫を投げた。

吉松たちのそばに、バラバラと礫が落ちた。背や腰にも当たった。

吉松は慌てて糸川から身を引くと、

「な、なにやつだ！」

と叫び、礫を投げている茂吉たちに目をやった。

吉松が戸惑うような顔をした。見覚えのない四人の男が、礫を投げているのだ。

しかも、狙っているのは吉松たちである。

そうしている間にも、吉松の腿のあたりに礫が当たった。次々に礫は飛来し、足許や肩先をかすめた。

伊勢田と若い武士にも礫が当たり、悲鳴を上げた。

「引け！」

吉松が叫び、その場から身を引いて路地を走りだした。

伊勢田と若い武士が、吉松の後を追って駆けだした。三人は、抜き身を手にしたまま逃げていく。

このとき、路地沿いの武家屋敷の陰から町人体の男がひとりそっと路地に出て、通行人を装って歩きだした。泉八である。その場に身を隠して、吉松たちの闘いの様子を見ていたようだ。

茂吉も市之介も、泉八には気付かなかった。

市之介は礫を投げた男たちに目をやり、

「茂吉か！」

と、声をかけた。

茂吉が市之介たちの方へ駆け寄りながら、「旦那ァ！」と声を上げた。いっしょに礫を投げた三人の男は、供をしてきた武士の方へもどっていく。

第五章　隠れ家

1

陽が沈み、路地は淡い夕闇につつまれていた。辺りに人影はなかった。路地沿いの店も商いを終えて、表戸をしめている。

……今日も、駄目か。

茂吉は、人影のない路地に目をやってつぶやいた。

茂吉は神田須田町に来ていた。店仕舞いした八百屋の陰から、伝蔵店の路地木戸を見張っていた。泉八が姿を見せるのを待っていたのである。

市之介たちが、吉松たちに襲われて三日経っていた。この間、茂吉はひとりでこの場に来ていた。

もっとも、三日間張り込みをつづけたわけではない。茂吉は暮れ六ツ（午後六時）ごろ須田町に来て、まず長屋に立ち寄り、泉八が長屋にいないことを確かめてからこの場に身を隠し、一刻（二時間）ほど路地木戸を見張るだけである。時とともに夕闇は濃くなり、路地沿いの家々から灯が洩れるようになった。

茂吉は両手を突き上げて、欠伸《あくび》をした。見張りに飽きてきたのである。

ふいに、茂吉の突き上げた両腕がとまった。

……だれか来る！

男だった。遠方ではっきりしないが、町人体であることは分かった。

茂吉は両腕を下ろして通りの先を見つめた。男は小袖を裾高に尻《しり》っ端《ぱし》折《よ》りし、股引《ももひき》を穿いていた。肩を振るようにして、こちらに歩いてくる。

……泉八だ！

茂吉は胸の内で声を上げた。

男は痩身だった。すこし猫背である。泉八にまちがいない。茂吉は長屋に立ち寄って話を訊いたとき、泉八の体軀《たいく》も聞いていたのだ。

泉八は路地木戸の前まで来ると、路地の左右に目をやってから路地木戸をくぐった。長屋に帰ってきたようだ。

茂吉は八百屋の陰から路地に出ると、足音を忍ばせて路地木戸に近付いた。長屋は濃い夕闇につつまれている。

路地木戸の先に、井戸があった。日中は、井戸端にだれかいることが多かったが、いまは人影がなかった。

長屋のあちこちから灯が洩れていた。女房の声、亭主のがなり声、赤子の泣き声、子供の笑い声……。長屋は結構賑やかだった。ちょうど、家族が集まって夕めしを食っているころである。

長屋は三棟あった。茂吉は、辺りに目を配りながら北側の棟に近付いた。泉八の家は、北側の棟にあったのだ。

すでに、茂吉は長屋に入って住人から泉八の家を聞いていた。そして、泉八が住んでいることも確かめてあったのだ。

茂吉は北側の棟の脇まで来ると、その場に身を隠したまま泉八の家に目をやった。

……いる！

泉八の家の腰高障子から灯が洩れていた。

茂吉は足音を忍ばせて、泉八の家に近付いた。そして、家の脇まで来ると、土間の隅の流し場で物音が聞こえた。泉八が水でも飲んでいるのかもしれない。

茂吉は泉八が家にもどったことを確かめると、その場を離れた。

茂吉は路地木戸を出ると、足早に練塀小路にむかった。今夜のうちに、市之介に泉八が長屋にいることを知らせるためである。

その夜、茂吉は市之介に会い、泉八が長屋にもどったことを知らせた。

市之介は茂吉から話を聞くと、

「明朝、泉八を捕らえよう」

と、顔をひきしめて言った。

「へい」

茂吉も、そのつもりで市之介に知らせにもどったのだ。

翌朝、市之介と茂吉は、暗いうちに青井家を出た。途中、彦次郎の家に立ち寄り、三人で須田町にむかった。彦次郎には、市之介から泉八が長屋にもどり次第、捕らえにむかうことを話してあったのだ。

糸川には話していなかった。深手ではないが、吉松に斬られて、左腕を負傷したからだ。

市之介たちが伝蔵店の前についたのは、明け六ツ（午前六時）過ぎだった。長屋はだいぶ騒がしかった。長屋の一日は、明け六ツの鐘の音を聞いて始まるのだ。

市之介たちは路地木戸をくぐると、茂吉が先にたち、北側の棟の角まで来た。

「三つ目が、やつの家でさァ」

茂吉が声をひそめて言った。

市之介が先にたち、足音を忍ばせて腰高障子の前まで来た。

家のなかで、物音がした。夜具を畳むような音である。座敷に、だれかいるらしい。

「いるかな」

茂吉が障子の破れ目からなかを覗き、

「いやすぜ」

と、声を殺して言った。

「踏み込むぞ」

市之介が腰高障子をあけて、土間へ踏み込んだ。

座敷のなかほどに、男がひとり立っていた。泉八である。泉八は、畳んだ布団を座敷の隅に押しやっているところだった。まだ、起きたばかりらしい。

泉八はいきなり踏み込んできた市之介たちの姿を見て、凍りついたように身を

硬くしたが、

「てめえは！」

と叫びざま、座敷の隅の神棚に近付き、腕を伸ばして何かつかんだ。

匕首《あいくち》だった。泉八は匕首を抜きはなち、「殺してやる！」と叫んで身構えた。

逆上している。

これを見た市之介は抜刀し、刀身を峰に返した。

茂吉は懐から十手を取り出し、

「泉八、神妙にしろい！」

と、声を上げた。

市之介は座敷に踏み込んだ。刀を低く構えている。

「やろう！」

泉八は匕首を前に突き出すように構え、いきなり市之介にむかってつっ込んできた。

すかさず、市之介は右手に体を寄せざま、刀身を跳ね上げた。一瞬の太刀《たち》捌《さば》きである。

甲高い金属音がひびき、匕首が泉八の手から離れて虚空に飛んだ。市之介の一撃が匕首を弾き上げたのである。

勢い余った泉八は、たたらを踏むように泳いだ。そこへ、彦次郎が立ちふさがり、

「動くな！」

と叫びざま、切っ先を泉八の喉元にむけた。

泉八は喉のつまったような悲鳴を上げ、その場に棒立ちになった。

「茂吉、縄をかけろ」

市之介が声をかけた。

すぐに、茂吉は泉八の背後にまわり、泉八の両手を後ろにとって縄をかけた。

泉八は目をつり上げ、身を顫《ふる》わせている。

「また、彦次郎の家の納屋を貸してもらうか」

市之介は、彦次郎の家の納屋で泉八から話を聞こうと思った。

市之介たちは、その場で暗くなるまで待てなかったので、人影のない裏路地や新道などをたどって、彦次郎の家にむかった。それでも、賑やかな柳原通りに出て和泉橋を渡らなければならなかったので、どうしても人目についた。

そのため、茂吉が十手を手にして泉八の脇を歩いた。町方が咎人《とがにん》を捕らえ、連

行していくように見せたのである。

2

市之介たちは、捕らえた泉八を彦次郎の家の納屋に連れ込んだ。納屋のなかは薄暗かったが、春の陽が戸口の隙間から射《さ》し込み、暖かそうなひかりの筋を引いていた。

「泉八、ここはな、おれたちの吟味《ぎんみ》の場だ」

市之介が泉八を見すえて言った。

泉八は、土間に敷かれた筵《むしろ》に座らされていた。血の気のない蒼ざめた顔をし、身を顫わせている。

「おまえにとっては、町方の白洲より恐ろしい場所かも知れんぞ。ここでは、何をしてもお構いなしだ」

「……！」

泉八は口をひらかなかったが、顔には怯えの色があった。

「では、訊《き》くぞ。おれたちは、この家の近くで、三人の武士に襲われた。吉松、伊勢田、それに若い武士だ」

市之介は泉八の顔を見すえ、

「若い武士の名は」

と、訊いた。市之介たちは、若い武士が何者なのかまったく分かっていなかったのだ。

「し、知らねえ」

泉八が声を震わせて言った。

「泉八、ここでな、阿部からも話を聞いたのだ。阿部によると、吉松や伊勢田との連絡は、泉八がしているとのことだった。連絡役のおまえが、知らないはずはあるまい」

市之介が語気を強くして言った。

「……！」

泉八の顔がゆがみ、戸惑うような色が浮いたが、口をつぐんだままである。

「おれの言うことが信じられないなら、この場に阿部を連れてきてもいいぞ」

阿部は、先ほどまで納屋に監禁されていた。泉八を連れ込む前に、彦次郎が別の場所に移したのだ。

阿部の腕からの出血はとまり、命に別状はなかった。ただ、腕は自在に動かず、刀を遣うのは、まだ無理である。ちかごろ、阿部は観念したのか、隠さずに訊いたことには答えるようになっていた。

阿部をどうするか、市之介には分からなかった。糸川が大草の指図を受けて、処置するだろう。

「泉八、若い武士の名は」

市之介が、声をあらためて訊いた。

泉八は、答えなかった。視線を膝先に落とし、顔に口をつぐんでいる。

「しゃべらなければ、吉松たちが助けに来てくれるとでも思っているのか。……吉松がここに来るとすれば、おまえを殺すためだ。口封じのためにな」

市之介が言うと、泉八の顔がゆがんだ。泉八も、吉松たちに殺されると思ったのかもしれない。

「若い武士の名は」

市之介が、もう一度訊いた。

「こ、越水登之助《こしみずとうのすけ》さま……」

泉八が声を震わせて言った。

「御家人か」

「へ、へい。……ですが、冷や飯食いだと聞いていやす」

「越水は吉松たちと、どういうかかわりがあるのだ」

「越水の旦那は、伊勢田さまと同じ剣術道場の門弟だったんでさァ」

「福山道場か」

「そうで……」

「ここにきてあらたに、仲間にくわわったのか」

市之介は、これまで越水の名も聞いたことがなかったのだ。

「前《めえ》から、伊勢田さまのお屋敷には、よく顔を見せてやした」

泉八によると、越水は伊勢田の弟弟子だという。

「そういうことか」

どうやら、伊勢田が越水を仲間に引き入れたらしい。

市之介はいっとき間をとってから、

「それで、伊勢田は本郷の屋敷を出たままか」

と、声をあらためて訊いた。

市之介は阿部から伊勢田の屋敷が本郷にあると聞き、行って確かめたのだが、伊勢田は屋敷を出た後だった。

「そうでさァ」

「いま、どこにいる」

市之介が、泉八を見すえて訊いた。

泉八は戸惑うような顔をして口をつぐんでいたが、

「湯島天神《ゆしまてんじん》の近くで」

と、小声で言った。

「借家か」

「情婦《いろ》のところにいやす」

「妾《めかけ》だな」

「へえ」

泉八によると、伊勢田は湯島天神の裏手の切通町《きりどおしちょう》に、家を借りておせんというう妾をかこっているという。

「いまも、そこにいるのだな」

市之介が念を押した。

「いるはずだが、いねえかもしれねえ」

泉八が曖昧な物言いをした。

「どういうことだ」

「伊勢田の旦那は、おせんさんのところにいねえことが多いんでさァ」

泉八によると、伊勢田がおせんのところに泊まるのは、三日に一度ぐらいだという。

「伊勢田は、どこに出かけているのだ」

「本郷のお屋敷にもどったり、吉松さまのところにいったりしてるようで」

「いずれにしろ、おせんの住む家に目を配っていれば、姿をあらわすのだな」

市之介が言うと、黙って聞いていた茂吉が、

「旦那、あっしがおせんの家を見張りやすよ」

と、身を乗り出すようにして言った。

「頼む」

市之介が言った。張り込みや聞き込みなどは、茂吉にまかせられる。市之介は、茂吉ならいい御用聞きになる、と思っていたが、そのことは口にしなかった。此《こ》度《たび》の件はともかく、図に乗って動きまわると、命がいくつあっても足りないのだ。

「ところで、吉松はどこにいる」

市之介が、声をあらためて訊いた。

阿部から、吉松は道場の近くの借家に住んでいたが、三年ほど前に出たと聞いていた。その後、どこに住んでいるのか、つかんでいなかった。

「明神下の小料理屋にいやすが、伊勢田さまと同じようにいねえことが多いんでさァ」

泉八によると、小料理屋の女将のおあきが、吉松の情婦だという。明神下とは、神田明神の東側の通りである。

「小料理屋の店の名は分かるか」

「菊乃屋《きくのや》でさァ」

「吉松が菊乃屋にいないときは、どこに連絡するのだ」

市之介が訊いた。

「おあきさんに、吉松さまがいついるか聞いて、その日に出かけるんでさァ」

「いずれにしろ、菊乃屋に目を配れば、吉松を捕らえられるな」

市之介は、糸川に話して手を打ってもらおうと思った。

市之介は泉八から一通り話を聞くと、

「彦次郎、何か訊くことはあるか」

と、声をかけた。

彦次郎は市之介に代わって、泉八の前に出ると、

「吉松たちは、これまでに大金を手にしているが、いったいその金を何に使うつもりだったのだ」

と、訊いた。彦次郎の胸の内には、吉松たちは遊興のためにだけ金を奪おうとしたのではないという思いがあったのだろう。

「あっしには、分からねえが、伊勢田さまは、仕官のために使うと言ってやした」

「仕官だと」

彦次郎が聞き返した。

「あっしは、そう耳にしただけで……」

泉八は語尾を濁した。泉八も、くわしいことは聞いてないらしい。

「伊勢田に訊けば、はっきりするな」

そう言って、彦次郎は身を引いた。

3

市之介は茂吉を連れて、湯島天神の裏手に来ていた。泉八を訊問した翌日である。伊勢田が身をひそめているという妾宅《しょうたく》を探すためである。

湯島切通町の町筋を歩きながら、

「旦那、おせんという名だけじゃァ、探すのが大変ですぜ」

と、茂吉が言った。

「何とかなるだろう。切通町は狭い町だ」

市之介は、妾宅のありそうな道で、地元の住人に話を訊けば、見つかるだろうと思った。

市之介たちは人通りの多い表通りを避け、借家や妾宅のありそうな脇道に入った。

「歩いてるだけじゃァ見つからねえ。訊いてみやしょう」

茂吉はそう言うと、道沿いにあった下駄屋に足をむけた。

店先に、あるじらしい男がいた。町娘に、赤い鼻緒の下駄を手渡すところだった。町娘は下駄を買いにきたらしい。

茂吉は娘が店先から離れるのを待って、あるじに近寄った。茂吉はあるじと何やら話していたが、いっときするともどってきた。

「どうだ、何か知れたか」

市之介が訊いた。

「この通りには、借家も妾の住む家もねえそうでさァ。この先の四辻を不忍池《しのばずのいけ》の方に折れてしばらく歩くと、妾の住んでいる家があると言ってやした」

「行ってみるか」

市之介たちは、通りを足早に歩いた。

すぐに、四辻に突き当たった。市之介たちは右手におれた。その道は不忍池の方にむかっている。

通りの前方に、不忍池の水面が見えてきた。春の陽射しを映じて鏡面のようにひかっている。

「旦那、あそこに、妾の住んでいそうな家がありやすぜ」

茂吉が道沿いの仕舞屋《しもたや》を指差して言った。

板塀でかこわれた家だった。通りに面したところに、簡素な木戸門があった。

片開きの門扉はひらいたままになっている。

「近所の者に訊いてみるか」

市之介は通りに目をやった。

仕舞屋の斜向《はすむ》かいに、笠屋があった。店先に、菅笠、網代笠《あじろがさ》、八ツ折り笠などが下げてある。

「おれが訊いてみる」

市之介は、店先にいたあるじらしい男に近付き、

「店のあるじか」

と、小声で訊いた。

「へい」

あるじの顔に、警戒の色が浮いた。市之介が武士だったからであろう。

「実は、おれの知り合いの娘が、武士に騙されてな。囲われの身になっているのだが、ちと訊きたいことがある」

市之介が、声をひそめて言った。話を聞き出すために、作り話を口にしたのだ。

「そうですかい」

あるじは市之介の話に興味を持ったらしく、顔から警戒の色が消えた。

「住んでいるのは、この辺りと聞いたのだが、女の囲われている家を知らぬか」

あるじは市之介の話を聞くと、身を寄せて、

「旦那、知ってやすぜ」

と、ささやくような声で言った。

「知っているか」

「そこの家でさァ」

あるじが、斜向かいにある板塀をめぐらせた仕舞屋を指差した。

「それで、女の名はおせんか」

市之介は、妾の名を出して訊いた。

「そうでさァ」

「おせんは、ここにいたか」

市之介は、あるじに礼を言って店先を離れた。

すぐに、茂吉が近付いてきて、

「旦那、うまく聞き出しやしたね。やっぱり、旦那はお奉行所の与力がいいな。きっと、大手柄をたてやすぜ」

と、ニヤニヤしながら言った。

「うむ……」

市之介は、また始まったかと思っただけで、何も言わなかった。いまは、そんな話をしている暇はない。

「近付いてみるか。伊勢田が、来ているかもしれんぞ」

市之介は、通行人を装って妾宅に足をむけた。

茂吉が、岡っ引きにでもなったような顔をして後からついてきた。

市之介たちは、妾宅の木戸門の前まで来ると、足をとめて聞き耳を立てた。門のなかには入らず、家のなかの物音を聞き取ろうとしたのだ。

人声は聞こえなかったが、物音がした。障子をあけしめするような音である。家のなかに、だれかいるようだ。

市之介たちが物音に気をとられていると、ふいに表戸があいて、人影があらわれた。

市之介と茂吉は、慌てて歩きだした。横目で家の戸口を見ると、姿を見せたのは初老の女だった。妾のおせんではない。下働きの者ではあるまいか。

市之介と茂吉は足を速めて家の前を通り過ぎると、板塀の脇に身を隠した。家から出てきた女をやり過ごそうとしたのである。

女はゆっくりした足取りで、路地を下駄屋のある方へむかって歩いていく。下働きの仕事を終えて帰るところであろうか。

「茂吉、あの女に訊いてみるか」

市之介は、下働きの女なら伊勢田のことを知っているのではないかと思った。

市之介は板塀の陰から路地に出ると、足を速めて女の後を追った。茂吉は慌てた様子で、市之介の後についてきた。

市之介は女に近付き、

「しばし、しばし」

と声をかけて、女を呼び止めた。

「あ、あたし、ですか」

女の声が震えていた。怯えるような顔をして、市之介に目をむけている。

「いや、たいしたことではないのだ。いま、伊勢田どのの家から、出てきたのを目にしたものでな」

市之介は伊勢田の名を出した。

「は、はい」

女の顔が、いくぶんやわらいだ。市之介の物言いがやさしかったせいだろう。

「むかし、剣術の道場で伊勢田どのに世話になった者だが、いま、伊勢田どのは家にいるかな」

市之介は、伊勢田と同門だったことを装った。こう話しておけば、伊勢田がこの女から話を聞いても、市之介たちとは思わないだろう。

「いませんよ」

女が小声で答えた。

「おせんさんだけか」

市之介がそう訊くと、女は驚いたような顔をして、

「そうです」

と答えた。市之介がおせんの名まで口にしたからだろう。

「しばらく、伊勢田どのは来ないのか」

「今日はいませんが、三日に一度ほどは来ます。おせんさん、旦那さまが来ないと、寂しがるんですよ」

女はそう言って、口許に薄笑いを浮かべたが、すぐに笑いを消した。

「三日に一度な。……そうだ、おれがおせんさんのことを訊いたのは、内緒にしてくれ。いや、伊勢田どのに勘繰られると嫌だからな」

そう言い置いて、市之介は踵《きびす》を返した。

すぐに茂吉が近付いてきて、

「すぐにやつは姿を見せますぜ」

と、目をひからせて言った。

「そうだな」

市之介も、二、三日、張り込めば、伊勢田を捕らえられるとみた。

4

翌日も、市之介と茂吉は切通町に足を運んできた。ただ、ふたりの扮装《いでたち》は昨日と変わっていた。

市之介は小袖にたっつけ袴で、深編み笠をかぶっていた。廻国修行の武士のような格好である。茂吉も菅笠をかぶり、風呂敷包みを背負っていた。行商人のように見える。ふたりは、伊勢田や吉松に、正体が知れないように変装したのだ。

八ツ半（午後三時）ごろだった。いまごろなら、伊勢田が妾宅に来ているのではないかとみたのである。

「旦那、与力より隠密廻《おんみつまわ》りの同心のようですぜ」

茂吉が言った。声が弾んでいる。変装したことで、気持ちが昂《たかぶ》っているようだ。町奉行所の隠密廻り同心は、他の同心とちがって変装して探索にあたることがあったのだ。

「今度は、隠密廻りか」

市之介が白けたような声で言った。

ふたりはそんなやり取りをして歩いているうちに、切通町の伊勢田の妾宅のある通りに来ていた。

「茂吉、先に行け」

市之介は、ふたりいっしょだと人目を引くので、すこし離れて歩こうと思ったのだ。

「へい」

茂吉が先にたった。
五、六間距離を置いて、市之介が後から歩いていく。
茂吉は行商人を装って歩き、妾宅の前まで行くと、木戸門に身を寄せて聞き耳をたてていたが、すぐに離れた。

茂吉につづいて、市之介が木戸門に身を寄せた。

……だれか、いる！

家のなかから話し声が聞こえた。だが、話し声は女のものだった。ひとりは、昨日話を聞いた下働きの女である。もうひとりは、艶《つや》のある声だった。妾のおせんではあるまいか。他の声は聞こえなかった。

市之介はすぐに妾宅の前を離れた。一町ほど先で、茂吉が路傍に立って市之介を待っていた。

「男の声は聞こえたか」

すぐに、市之介が茂吉に訊いた。

「聞こえたのは、女の声だけでさァ」

「昨日の女と、おせんが話していたようだな」

「あっしも、そう聞きやした」

「伊勢田は、いないようだ」

市之介はそう言ったが、声が聞こえなかっただけで、伊勢田がいないとは決め付けられなかった。

「帰りにも、探ってみやすか」

茂吉が言った。

市之介たちは、伊勢田がいなければ、そのまま明神下へむかい、小料理屋の菊乃屋に吉松がいるかどうか探ってみることにしていたのだ。

「そうしよう」

市之介と茂吉は、来た道を引き返し始めた。

そのとき、通りの先に武士の姿が見えた。小袖に袴姿で、大小を帯びていた。供はなく、ひとりで歩いてくる。

「おい、向こうから来る武士は、伊勢田ではないか」

市之介は路傍に足をとめた。

遠方ではっきりしないが、体型が伊勢田らしかった。

「そうかもしれねえ」

茂吉も足をとめ、武士を見つめている。

「伊勢田だ。まちがいない。茂吉、引き返すぞ」

市之介は反転して、足早に歩きだした。このまま近付けば、体付きから伊勢田に気付かれるかもしれない。すぐに、茂吉も踵を返し、市之介の後をついてきた。

ふたりは足早に歩いた。そして、妾宅から一町ほども離れてから、市之介が後ろを振り返って見た。

……家に入る！

伊勢田は、妾宅の木戸門の前に足をとめ、門からなかへ入るところだった。

「旦那、やつは家に入《へえ》りやしたぜ」

茂吉が言った。

「よし、もどってみよう」

市之介と茂吉は通行人を装って、妾宅に足をむけた。

市之介は木戸門の前まで来ると、門扉に身を寄せた。あいたままになっていることの多い門扉が、とじられていたのだ。

家のなかから、話し声が聞こえた。女と男の声である。女の「おまえさん」という呼び声につづいて、「おせん、変わったことはないか」と男の声がした。伊勢田である。

市之介と茂吉は、すぐに木戸門の前から離れた。通行人がいたので、門の前に立ったままなかの様子を窺っているわけにはいかなかったのだ。

市之介と茂吉は、家から一町ほど歩いたところで足をとめた。

「旦那、どうしやす」

茂吉が訊いた。

「しばらく、様子を見てからだな」

茂吉とふたりだけでは、伊勢田を逃がす恐れがある、と市之介はみていた。おそらく、今夜、伊勢田は妾宅に泊まるだろう。市之介は伊勢田の動きを見てから糸川に連絡し、今夕にも伊勢田を捕らえるつもりだった。

市之介と茂吉は、路傍の樹陰に隠れて小半刻（三十分）ほど様子を見ていたが、伊勢田は妾宅から出てこなかった。

「茂吉、糸川たちに連絡してくれ。おれは、ここで伊勢田を見張っている」

市之介は、ここに来るときから茂吉を走らせて、糸川たちに連絡をとることにしていたのだ。むろん、茂吉にも話してある。

「合点で！」

茂吉は、すぐにその場を離れた。

5

陽が西の家並の向こうにまわり、市之介が身をひそめている樹陰に、淡い夕闇が忍び寄っていた。そろそろ暮れ六ツ（午後六時）の鐘が鳴るだろう。

……糸川たちは、まだか。

市之介がそう思って通りの先に目をやったとき、遠方に、三人の姿が見えた。茂吉、糸川、彦次郎の三人である。茂吉が先頭にたって、足早にこちらに歩いてくる。

三人は市之介のそばに来ると、

「どうだ、伊勢田はいるか」

すぐに、糸川が訊いた。

糸川の左腕の負傷はたいしたことなく、刀も遣えるようである。

「いる。家に入ったままだ」

「それで、伊勢田の他に家にいるのは」

「はっきりしないが、伊勢田とおせん、それに下働きの女がいるかもしれん」

市之介は、男は伊勢田だけだとみていた。

「それだけなら、四人で十分だな」

糸川が顔をひきしめ、

「仕掛けるか」

と、声をひそめて言った。

「そうだな」

市之介は、西の空に目をやった。陽は沈み、西の空は茜《あかね》色の夕焼けに染まっていた。通り沿いの店はまだひらいていたが、人影はすくなかった。

「よし、やろう」

市之介がそう言って樹陰から出たとき、寛永寺《かんえいじ》の暮れ六ツの鐘が鳴った。

その鐘の音が、市之介たちの足音を消してくれた。市之介たちは木戸門の前に身を寄せ、家のなかの様子を窺った後、家の戸口に近付いた。

「おれは、裏手にまわる」

糸川がそう言い置き、家の脇をまわって裏手にむかった。

市之介と彦次郎が表から、糸川が裏手から踏み込む手筈になっていた。茂吉は念のため戸口の脇にいて、伊勢田が逃走したら跡を尾けるのである。

市之介と彦次郎が戸口に身を寄せると、家のなかから話し声が聞こえた。男と女の声である。男は伊勢田で、女はおせんだった。戸口の近くにいるらしい。

「彦次郎、踏み込むぞ」

市之介が、表戸をあけた。

土間の先に狭い板間があり、その奥が座敷になっていた。座敷に、伊勢田とおせんが座していた。伊勢田は、酒を飲んでいる。おせんは銚子を手にし、酒を注ごうとしていたところだった。

「青井か！」

叫びざま、伊勢田は手にしていた猪口を膳に置いて立ち上がった。

おせんはいきなり踏み込んできた市之介たちを見て、驚愕に目を剝いた。手にした銚子が、震えている。

「伊勢田、観念しろ！」

市之介は土間に立ったまま抜刀した。

つづいて、彦次郎も抜いた。

ヒイイッ！

おせんが悲鳴を上げ、四つん這いになって座敷の隅へ逃げた。伊勢田は、座敷の隅に置いてあった大刀を手にして抜き放った。

伊勢田は、いったん市之介たちと闘う気になったようだが、すぐに右手に足をむけた。廊下がある。廊下から、裏手に逃げるつもりらしい。相手が市之介と彦次郎のふたりだったので、太刀打ちできないとみたのだろう。

だが、伊勢田の足はすぐにとまった。裏手で女の、助けて！　という悲鳴が聞こえ、荒々しい足音が聞こえたのだ。

伊勢田は女の悲鳴で、裏手からも踏み込んできたのを察知したようだ。悲鳴を上げたのは、下働きの女であろう。

この間に、市之介は板間に踏み込み、刀身を峰に返した。伊勢田を峰打ちで仕留めるつもりだった。

「おのれ！」

伊勢田は青眼《せいがん》に構え、切っ先を市之介にむけた。

目がつり上がり、市之介の喉のあたりにむけられた切っ先が、小刻みに震えていた。気が昂っているせいであろう。

市之介は相青眼に構えた。腰を沈め、身を低くしている。

伊勢田と市之介との間合は、二間ほどしかなかった。狭い座敷なので、間合をひろくとれないのだ。

彦次郎は、伊勢田の左手にまわり込んだ。青眼に構え、切っ先を伊勢田にむけたが、やや腰が引けていた。構えもくずれている。真剣勝負の興奮と恐怖のせいであろう。

伊勢田は、斬撃の気をみなぎらせ、趾《あしゆび》を這うように動かして、ジリジリと間合を狭めてきた。そして、伊勢田は一足一刀の斬撃の間境《まざかい》に踏み込むや否や、

タアアッ！

と、裂帛《れっぱく》の気合を発し、青眼から真っ向へ斬り込んできた。捨て身の攻撃である。

咄嗟に、市之介は右手に体を寄せざま、刀身を逆袈裟に撥ね上げた。次の瞬間、キーン、という甲高い金属音がひびき、伊勢田の刀身が跳ね上がった。

伊勢田が勢いあまって前に泳いだ。

市之介も、二の太刀がふるえなかった。伊勢田の強い斬撃に押され、市之介の体勢がくずれたのだ。

市之介と伊勢田はすぐに体勢をたてなおし、ふたたび相青眼に構えて、切っ先をむけあった。

このとき、伊勢田は、彦次郎の前に立って背をむけた。これを見た彦次郎が、

イヤアッ！

と甲走った気合を発して、斬り込んだ。伊勢田の背が目の前に見えたため、咄嗟に反応したらしい。

彦次郎の切っ先が、伊勢田の肩口をとらえた。

ザクッ、と伊勢田の肩から背にかけて小袖が裂け、肌に血の線が走った。次の瞬間、赤くひらいた傷口から血が流れ出た。

伊勢田は呻《うめ》き声を上げて身をのけ反らせたが、すぐに体勢をたてなおし、彦次郎に斬りつけようとした。

すばやく市之介が踏み込み、刀身を横に払った。一瞬の太刀捌きである。

市之介の峰打ちが、反転しようとした伊勢田の脇腹をとらえた。

グッ、と伊勢田が喉のつまったような呻き声を上げ、手にした刀を取り落とした。そして、両手で脇腹を押さえてうずくまった。

伊勢田の背が、流れ出た血で真っ赤に染まっている。深い傷ではないようだが、出血は激しかった。

これを見たおせんが、ヒッ、ヒッ、とひき攣《つ》ったような悲鳴を上げ、座敷を這って逃れようとした。

そのとき、裏手から廊下をまわって近くまで来ていた糸川が座敷に踏み込んできて、

「女、動くと、斬るぞ」

と言って、おせんに切っ先をむけた。

おせんはその場にへたり込んだ。顔が紙のように蒼ざめ、体が瘧慄《おこりぶるい》のように激しく顫えている。

6

市之介たちはおせんを後ろ手に縛り、奥の座敷に連れ込んだ。下働きの女もいっしょである。そして、茂吉を呼んで、ふたりの女を監視しているよう指示した。

ふたりの女を遠ざけた後、市之介、糸川、彦次郎の三人は、伊勢田のまわりに集まった。伊勢田は苦痛に顔をしかめ、喘ぎ声を洩らしていた。

市之介たちは、この場で伊勢田から話を聞くつもりだった。彦次郎の家の納屋に連れていくまで、伊勢田の身がもたないとみたのである。

市之介は彦次郎に手伝わせて、座敷の隅の衣桁《いこう》にかけてあった小袖を細長く切り裂き、伊勢田の肩から腋にまわして傷口を縛った。すこしでも、伊勢田の出血をとめてやろうとしたのだ。

伊勢田は市之介たちが傷の手当てを始めると、驚いたような顔をしたが何も言わず、なすがままになっていた。

「これでいい。出血が収まれば、命に別状はないだろう」

市之介は、そう言ってから伊勢田の前に立ち、

「おぬしや阿部は、一刀流の福山道場の門弟だったそうだな」

と、穏やかな声で訊いた。ただ、市之介の胸の内には、伊勢田の命は長くない、との思いがあった。

「……」

伊勢田は、市之介に顔をむけたまま口をつぐんでいた。

「いまさら隠してもどうにもならないぞ。泉八が話したし、福山どのにも会って確かめてあるからな」

市之介がそう言うと、伊勢田は無言でちいさくうなずいた。隠しようがないと思ったのだろう。

「吉松は門弟ではなく、食客と聞いている」

さらに、市之介が言った。

「そ、そうだ」

伊勢田が、声をつまらせて応えた。

「吉松だが、明神下の菊乃屋にいるそうだな」

「それも、泉八が話したのか」

伊勢田が訊いた。

「そうだ。……吉松は、菊乃屋にいるな」

市之介が念を押すように訊いた。

「いつも、いるわけではない。……吉松どのは、気が向いたときだけ菊乃屋に顔を出すだけだ」

「菊乃屋にいないときは、どこにいる」

「おれにも分からないが、門弟だった者のところか、女郎屋か……」

「門弟だった者とは」

市之介は、越水のことではないかと思った。

「……」

伊勢田は、虚空に視線をとめたまま黙っていた。

「越水登之助か」

市之介は越水の名を出して訊いた。

伊勢田は驚いたような顔をして市之介を見た後、

「そうだ……」

　と、小声で答えた。市之介たちが、越水のことまでつかんでいるとは思わなかったのかもしれない。

「越水の家は、どこにある」

　市之介は、越水の住処が知れれば、越水だけでなく吉松もいっしょに捕らえられるのではないかとみた。

　伊勢田は、すぐに答えなかった。苦痛に顔をしかめたまま口を結んでいる。

「どこだ、越水の家は」

　市之介が語気を強くして訊いた。

「こ、廣徳寺《こうとくじ》の前だ」

　伊勢田が小声で答えた。

　下谷にある廣徳寺の前には、武家地がひろがっていた。小身の旗本や御家人の屋敷が多い。越水家も、それほど高禄の家柄ではないようだ。

「越水登之助は、当主か」

　市之介が念を押すように訊いた。一度、越水のことを泉八から聞いていたのだ。

「い、いや、冷や飯食いだ」

「そうか」

やはり、越水登之助も家を継げない身のようだ。

市之介は、すぐにも越水の家を確かめ、越水がいるかどうか確かめてみようと思った。

「糸川、替わってくれ」

そう言って、市之介が伊勢田の前から身を引くと、糸川が前に立ち、

「おぬしたちは、これまで大金を手にしているが、何に使うつもりだったのだ」

と、訊いた。市之介や彦次郎もそうだが、糸川も、そのことが気になっていたようだ。

「し、仕官だ……」

伊勢田が、声をつまらせて言った。顔が土気色をし、体の顫えが激しくなってきた。伊勢田の肩から腋にまわして縛った布が、血を吸ってぐっしょりと濡れている。

「やはり、仕官か」

泉八が口にしたことと同じだった。

「さ、作事奉行に、頼んである」

伊勢田が声をつまらせて言った。

「うむ……」

糸川は渋い顔をして口をつぐんだ。おそらく、伊勢田は奪った金の一部を、賄賂として作事奉行に贈り、作事方への出仕を頼んだのであろう。作事方にかかわっていた家柄なら、望みがかなうかもしれない。

「吉松や越水は、どうするつもりなのだ」

市之介が訊いた。伊勢田は作仕方に出仕できたとしても、吉松や越水は無理だろう。

「ど、道場をひらくつもりらしい。……お、おれも、仕官ができないときは、師範代でもやるつもりだったのだ」

伊勢田が、苦しげに喘ぎながら言った。長くは持ちそうもない。

「そういうことか」

吉松、阿部、伊勢田、それに越水の四人は、それぞれ己の行く道を奪った金でひらこうとしていたようだ。

市之介と糸川の訊問は終わった。

市之介たちは、奥の座敷にいるおせんの縄を解き、自分たちは公儀の者で、伊

勢田が不正を働いたために捕らえに来たが、歯向かったために斬ったことを話し、

「吟味は終わったので、手当てしてやるがいい」

と言い置いて、妾宅から出た。

市之介たちは、伊勢田がおせんに看取られて己の最期をむかえられるようにしてやったのだ。

妾宅の外は、夜陰と静寂につつまれていた。風のない静かな夜だった。満天の星が、降るようである。

第六章　死闘

1

「旦那、あれが、越水の屋敷ですぜ」

茂吉が、通り沿いにある武家屋敷を指差して言った。

市之介、糸川、彦次郎、茂吉の四人は、下谷の廣徳寺の門前に近い武家地に来ていた。伊勢田が口にした越水の屋敷を確認し、機会があれば捕らえるつもりだった。

そこは、小身の旗本や御家人の屋敷のつづく通りだった。先に来た茂吉が、通りかかった中間《ちゅうげん》から訊《き》いて、越水の屋敷が分かったのだ。

「百石ほどかな」

市之介が越水家の屋敷に目をやりながら言った。

木戸門で、屋敷のまわりには板塀がめぐらせてあった。非役でなければ、中間がひとりに下女ひとりぐらい雇っているだろう。

「静かだが、吉松は来ているかな」

糸川が屋敷に目をやりながら言った。

「いま、踏み込むわけにはいかないし、近所の者にでも訊いてみるしかないな」

市之介たちは、越水家の屋敷の斜向《はすむ》かいにある屋敷の板塀の脇に身を寄せた。その屋敷も、百石ほどと思われる御家人の屋敷である。

市之介たちはその場に身を隠し、近所の屋敷から出てきた者をつかまえて話を訊いてみるつもりだった。

市之介たちが、その場に身をひそめて小半刻（三十分）もしたろうか。近くの屋敷の木戸門の扉があいて、下男らしい男がひとり出てきた。小柄な初老の男である。

「おれが、訊いてみる」

市之介が板塀の陰から出ると、茂吉が後ろからついてきた。小者のふりでもするつもりらしい。

市之介は初老の男が、木戸門から離れるのを待って、

「しばし、待て」

と、男の後ろから声をかけた。

「あっしですかい」

男は、身をかがめながら訊いた。不安そうな顔をしている。

「そうだ。ちと、訊きたいことがある」

市之介が穏やかな声で言った。

「へえ……」

男は頭を下げながら、上目遣いに市之介を見た。顔から不安の色は消えなかった。

「越水家の屋敷が、この辺りにあると聞いてきたのだがな。知っているか」

市之介は、すでに越水家の屋敷は知っていたが、男から話を聞き出すためにそう切り出したのだ。

「そこのお屋敷ですぜ」

すぐに、男が斜向かいにある屋敷を指差した。

「その屋敷か」

市之介が、男が指差した屋敷に目をやって言った。

「へい、あっしがご奉公しているお屋敷のすぐ前でさァ」

男の声がすこし大きくなった。

「それなら、詳しいな。……越水登之助どのを知っているな」

市之介は登之助の名を出した。

「知ってやす。……今日も、見掛けやしたよ」

男の顔から、不安そうな表情が消えている。市之介のことを、越水家を訪ねてきた客とみたのだろう。

「姿を見掛けたか。登之助どのは出かけたのかな。……出かけたのなら、屋敷にいないだろうからな」

「お屋敷に入るところでしたぜ」

男によると、登之助の姿を見掛けたのは、一刻（二時間）ほど前だという。

「ひとりだったか」

市之介は、吉松がいっしょだったかどうか、知りたかったのだ。

「ひとりでしたよ」

「登之助どのは、いまも屋敷にいるようだな。訪ねてみるか」

市之介がそう言うと、

「いまも、登之助さまが、お屋敷にいるかどうか分かりませんぜ。あっしは、登之助さまが、お屋敷に入るのを見掛けただけなんでさァ」

男は慌てた様子で言うと、その場から離れたいような素振りを見せた。何か、急用があって屋敷から出てきたのかもしれない。

「手間をとらせたな」

市之介は、男を解放した。

男は市之介に頭を下げた後、足早にその場を離れた。

「旦那、越水は屋敷にいやすかね」

茂吉が市之介に身を寄せて言った。

「いると思うが、確かなことは分からないな」

越水は一刻ほど前に屋敷に帰ったらしいので、まだ屋敷内にいる、と市之介はみたが、その後、屋敷から出たかもしれない。

「あっしが、探ってみやしょうか」

茂吉が目をひからせて言った。

「何をするつもりだ」

「ちょいと、覗いてみるだけでさァ」

「越水に見つかって、斬られてもしらんぞ」

「そんなへまは、しませんや」

そう言い残し、茂吉はひとりで越水の屋敷の表門に近付いた。

しかたなく、市之介は路傍に立って茂吉に目をやっていた。

茂吉は通行人を装い、越水家の木戸門の前まで行くと、通りの左右に目をやり、近くに人影のないのを確かめてから門扉に身を寄せた。

……隙間から、覗いている！

市之介は思わず、四、五歩、越水家の方へ近付いた。茂吉は、門扉の隙間からなかを覗いているのだ。通行人が茂吉の姿を目にしたら、こそ泥と思うかもしれない。

そのとき、茂吉が慌てた様子で門の前から離れ、小走りに市之介のところにもどってきた。

「だ、旦那、来やす！」

茂吉が声をつまらせて言った。

「越水か！」

「へい、やつが出てきやす」

「茂吉、身を隠せ」

市之介と茂吉は、急いで糸川たちが身をひそめている板塀の陰にもどった。

2

越水家の木戸門があき、武士がひとり通りに出てきた。

「越水だ！」

市之介が、声を殺して言った。

越水は通りに出ると、左右に目をやってから、市之介たちが身をひそめている方へ足早に歩いてきた。

「ここで、越水を押さえよう」

市之介が言うと、糸川と彦次郎がうなずいた。

通りには、ちらほら人影があった。御家人ふうの武士や中間などである。できれば、人影のないところで仕掛けたいが、この辺りは同じような通りがつづいている。越水を尾行しても、人目に触れずに捕らえるのは難しいだろう。

「おれが、越水の前に出る」

市之介が言った。

「おれと彦次郎は、後ろだな」

糸川が越水に目をむけながら言った。

彦次郎も、顔をひきしめて近付いてくる越水を見つめている。

しだいに、越水は市之介たちのそばに近付いてきた。まだ、市之介たちには気付いていない。

越水が市之介たちのいる場に五間ほどに迫ったとき、市之介が板塀の陰から通りに走り出た。

ギョッ、としたように越水が、その場につっ立った。凍りついたように、身を硬くしている。

市之介は素早い動きで、越水の前に走った。糸川と彦次郎も走り出て、越水の背後にまわり込んだ。

茂吉は、市之介の後方に立ち、十手を手にしていた。何かあったら、十手で闘うつもりなのかもしれない。

「青井か!」

叫びざま、越水が刀の柄《つか》を握った。

すかさず、市之介も抜刀体勢をとった。

越水はすぐに抜かず、周囲に目をやった。逃げ道を探したらしい。だが、逃げ道はなかった。前後に市之介たちが立ち、通りの左右は武家屋敷の塀になってい た。市之介たちが身をひそめていた板塀の脇に細い路地があったが、そこへ逃げ込むには、前に立ちふさがっている市之介を突破しなければならない。

「おのれ！」

叫びざま、越水が抜刀した。

すかさず、市之介も刀を抜き、刀身を峰に返した。斬らずに、峰打ちで仕留めるつもりだった。

背後にまわった糸川も、刀身を峰に返した。彦次郎だけは刀を峰に返さず、青眼に構えている。彦次郎はすこし身を引き、越水との間合をとっていた。市之介と越水の闘いの様子を見て踏み込むつもりなのだ。

越水は青眼《せいがん》に構えた。剣尖《けんせん》を市之介の目線につけている。隙《すき》のない構えだが、切っ先がかすかに震えていた。真剣勝負に臨んだ気の昂《たかぶ》りと恐怖のせいらしい。

市之介は、低い八相《はっそう》に構えた。切っ先を後方にむけ、刀身を寝かせている。

ふたりの間合は、およそ三間――。まだ、一足一刀の斬撃の間境《まざかい》の外である。先《せん》をとったのは、市之介だった。

「いくぞ！」

と声をかけ、市之介は摺《す》り足で越水との間合をつめ始めた。

すると、越水も動いた。青眼に構えたままジリジリと間合を狭めてくる。

越水の背後に立った糸川も、摺り足で越水に近付いてきた。間合が、二間半ほどに狭まっている。

ふいに、越水の寄り身がとまった。市之介との斬撃の間境まで、あと一歩まで迫っている。越水は、このまま斬撃の間境に踏み込むのは、危険だと感知したらしい。

イヤアッ！

突如、越水が裂帛《れっぱく》の気合を発した。気当《きあ》て、である。気合で、敵の気を乱そうとしたのだ。

だが、市之介はすこしも動じなかった。低い八相に構えたまま、越水の動きを見つめている。

そのとき、背後にいる糸川が、

ヤアッ！

と鋭い気合を発し、一歩踏み込んだ。

この糸川の気合と動きに、越水は背後から斬り込んでくるとみて、反転しようとした。

利那、市之介が一歩踏み込み、低い八相から刀身を袈裟《けさ》に払った。一瞬の太刀《たち》捌《さば》きである。

峰打ちが、越水の右の二の腕をとらえた。

ギャッ、と声を上げ、越水が手にした刀を取り落とした。反転しようとした瞬間に、市之介に右腕を強打され、思わず刀の柄が手から離れたらしい。

すると、糸川が素早い寄り身で越水に迫り、

「動くな！」

と声をかけ、切っ先を越水の喉元に突きつけた。

越水は動けなかった。苦痛に顔をしかめ、その場につっ立っている。そこへ、彦次郎と茂吉が走り寄った。

「縄をかけてくれ」

糸川が声をかけると、彦次郎と茂吉が越水に身を寄せた。

彦次郎たちは越水の両腕を後ろにとって、細引きで縛った。越水は右腕が痛むのか、呻《うめ》き声を上げている。

「また、彦次郎の家の納屋を頼むか」

糸川が訊いた。

「そうだな」

市之介はそう口にしたが、越水を訊問してもあまり訊くことはないと思った。

市之介たちは、人通りのすくない道をたどって越水を彦次郎の家の納屋に連れ込んだ。捕らえた阿部や泉八から話を聞いた納屋である。

市之介と糸川が訊問すると、越水は隠さずに話した。越水はいまさら隠してもどうにもならないと思ったのだろう。それに、越水が吉松たちにくわわったのは最近のことで、材木問屋の鳴海屋と佐崎屋、それに呉服屋の安田屋の強請《ゆすり》には荷担していなかった。市之介たちも、それほど訊くことはなかったのだ。

糸川が、越水に吉松たちにくわわった理由を訊くと、

「吉松どのに、新たに道場をひらくので手を貸せ、と頼まれたのだ」

と、越水はすぐに答えた。そして、吉松との間で、道場の師範代にする約束が

あったことを言い添えた。

さらに、市之介が吉松の居所を訊くと、

「ちかごろ、菊乃屋にいることが多いようだ」

と、隠さずに答えた。

そのとき、黙って聞いていた茂吉が、

「吉松が、菊乃屋から出入りする姿を見掛けねえぜ」

と、脇から口をはさんだ。茂吉はときおり明神下に出かけて、菊乃屋の店先を見張っていたのだ。

「店の裏手から出入りしているはずだ」

すぐに、越水が答えた。

越水によると、菊乃屋の裏手に裏路地があり、吉松は人目に付かないように裏手から出入りしているという。

3

「どうだ。吉松はいるか」

市之介が茂吉に訊いた。

市之介、糸川、成瀬の三人が、菊乃屋のある明神下に来ていた。吉松を討つためである。

糸川は、彦次郎でなく成瀬を連れてきた。糸川は吉松が遣い手であることを知っていて、腕のたつ成瀬を同行したようだ。

市之介たちは、吉松を討つつもりで来ていた。吉松は牢人だったので、幕府の目付筋としてのかかわりはない。それで、剣客同士の剣の立ち合いとして始末をつけるつもりでいたのだ。

「いるようですぜ」

茂吉は先に来て、菊乃屋を探っていたのだ。

茂吉によると、半刻（一時間）ほど前、菊乃屋から出てきた客に店のなかの様子を訊いたという。客の話では、女将の情夫らしい牢人体の男がいるのを見掛けたそうだ。

「客もいるのだな」

市之介が念を押すように訊いた。

明神下の通りは、神田明神《かんだみょうじん》が近いせいもあって、人通りが多かった。町人や武士が行き交っている。

「何人かいるようですぜ」

茂吉が言った。

「踏み込むと大騒ぎになるな」

市之介は騒ぎが大きくなるだけでなく、店に踏み込むと吉松に逃げられるのではないかと思った。

「しばらく、様子を見るか」

市之介が、西の空に目をやって言った。

陽は西の空にかたむいていたが、まだ八ツ半（午後三時）ごろである。吉松は、店から出てくるかもしれない。

「そうだな」

糸川がうなずいた。

市之介たちは、通り沿いのそば屋の脇に立ち、だれか待っているようなふりをして菊乃屋に目をやっていた。

半刻（一時間）ほど過ぎた。吉松が店から出てくる様子はなかった。この間に、客がふたり店に入った。

「吉松は、今夜泊まるのではないかな」

市之介がそう言ったとき、菊乃屋から男がひとり出てきた。町人である。商家の旦那ふうの男だった。

「ちょいと、訊いてきやすよ」

茂吉はそう言い残し、菊乃屋から出てきた男に走り寄った。

茂吉は男と肩を並べて歩きながら、何やら話していたが、いっときすると、男から離れてもどってきた。

「何を話していたのだ」

市之介が訊いた。

「店の様子を訊いたんでさァ」

「それで、何か知れたのか」

「店のなかに、武士はいねえそうですぜ」

「なに、吉松はいないのか」

「客の目に触れる場には、いねえってことでさァ。奥の板場にいるか、それとも二階の女将が寝泊まりしている座敷か」

茂吉が目をひからせて言った。

「……」

市之介が無言でうなずいた。

「ようがす。あっしが、店の外に吉松を連れ出しやしょう」

茂吉が声を大きくして言った。

「どうするつもりだ」

市之介が訊くと、糸川と成瀬もそばに来て茂吉に目をむけた。ふたりとも、驚いたような顔をしている。

「女将も客も、あっしの顔は知らねえはずだ。あっしが越水家の奉公人に化けて、吉松を呼び出すんでさァ」

「そんなことができるのか」

「任せてくだせえ」

茂吉が胸を張った。

すぐに、茂吉はその場を離れ、菊乃屋に足をむけた。

市之介は、茂吉からすこし間をとってついていった。いざとなったら、助けに入ろうと思ったのである。

茂吉は菊乃屋の店先まで行くと、背後を振り返って、

「旦那、そこにいてくだせえ」

と言い残し、戸口の格子戸をあけた。

茂吉は店に入ると、戸口近くに立ったまま、「ごめんくだせえ」と声をかけた。

すると、下駄の音がし、「いらっしゃい」という女の声がした。女将のおあきらしい。

「あっしは、越水さまにお仕えする者で、助六《すけろく》といいやす。吉松さまに、急ぎの用があるので、越水さまのお屋敷に来てもらいたいそうでさァ」

茂吉は助六と名乗った。咄嗟《とっさ》に思いついた名らしい。

「ま、待って。いま、呼んでくるから」

おあきが慌てた様子で言った。

「いえ、あっしは言伝を頼まれただけなんでさァ。あっしも、急ぎやすんで」

茂吉は、「吉松さまにお伝えしてくだせえ」と言い残し、踵《きびす》を返すと、慌てた様子で引き返してきた。

市之介は、茂吉が菊乃屋から離れたところまで来ると、身を寄せて、

「茂吉、うまく話したではないか」

と、感心したように言った。

「やつは、越水の屋敷にむかうはずですぜ」

茂吉が胸を張って言った。

市之介は茂吉とともに、すぐに糸川たちのところにもどり、茂吉とおあきのやりとりを話した後、

「越水の屋敷の近くで、待ち伏せしよう」

と、言い添えた。

糸川と成瀬はうなずき、すぐにその場から通りへ出た。そして、茂吉だけ残し、先に越水家の屋敷にむかった。

4

市之介、糸川、成瀬の三人は、越水家の屋敷の斜向かいにある屋敷の板塀の脇に身を隠した。そこは、以前、登之助を待ち伏せしていたところである。

「遅いな」

市之介が通りの先に目をやって言った。

市之介たちが、この場に身をひそめて小半刻（三十分）ほど経っていた。まだ、

茂吉も吉松も姿を見せなかった。

　陽は家並のむこうに沈んでいた。西の空は、血を流したような夕焼けに染まっている。通りの人影はすくなく、ときおり供連れの武士や中間などが通りかかるだけである。

「糸川、吉松はおれにやらせてくれ」

　市之介が、念を押すように言った。

　市之介は一刀流の福山庄左衛門と会い、吉松の遣う折身突きの話を聞いたときから、吉松は、おれが討つ、と心に決めていたのだ。そのことは糸川にも話してあり、糸川も承知していた。

「だが、おぬしが危ういとみたら、おれと成瀬とで助太刀するぞ。そのつもりで、成瀬を連れてきたのだからな」

　糸川の声は静かだったが、有無を言わせない強いひびきがあった。

「勝手にしてくれ」

　市之介がうなずいた。

　そのとき、通りの先に茂吉の姿が見えた。急ぎ足で、こちらにやってくる。市之介は通りに出て、茂吉の背後に目をやった。吉松らしい人影は見えなかった。

茂吉は、市之介の姿を目にすると走りだした。そして、市之介のそばまで来ると、

「だ、旦那、吉松が来やすぜ」

と、声をつまらせて言った。だいぶ急いできたと見え、息が弾んでいた。顔が紅潮し、うっすらと汗が浮いている。

「来るか！」

「へい、まだ、姿は見えねえが、後ろから来るはずでさァ」

そう言って、茂吉は背後に目をやったが、吉松らしい武士の姿は見えなかった。

「ともかく、身を隠せ」

市之介は、茂吉を糸川たちのいる板塀の陰に連れていった。

茂吉がその場に来て、いっときすると、板塀の脇から通りに目をやっていた成瀬が、

「来ます！　吉松が」

と、声を上げた。

見ると、通りの先に大柄な武士の姿が見えた。吉松である。羽織袴姿だった。

吉松は越水家を訪れるので、武士らしい身装《みなり》に変えたようだ。

市之介はその場に身をひそめたまま、吉松が近付くのを待った。そして、吉松が五間ほどに迫ったとき、市之介はゆっくりとした歩調で通りに出た。

吉松は市之介の姿を目にすると、驚いたような顔をして足をとめた。だが、逃げようとする素振りは見せなかった。

糸川と成瀬はすこし間を置いてから通りに出て、吉松の背後にまわり込んだ。

吉松は糸川たちが背後にまわったのを見て、

「待ち伏せか！」

と、顔に怒りの色を浮かべて言った。三人で、取り囲んで襲うとみたのであろう。

「おぬしと立ち合うのは、おれひとりだ」

市之介が言った。

「後ろのふたりは」

吉松は市之介を見すえたまま訊いた。

「おぬしが、逃げないように背後をかためただけだ」

市之介は、左手で鍔元を握り、鯉口を切った。

「やるしかないようだ」

吉松も鯉口を切り、刀の柄に右手を添えて抜刀体勢をとった。

「いくぞ！」

市之介が先に刀を抜いた。

つづいて、吉松も抜いた。ふたりの刀身が、西の空の夕焼けを反射《はね》て、赤くひかっている。

ふたりの間合は、およそ四間――。まだ、一足一刀の斬撃の間境の外である。

市之介は青眼に構え、切っ先を吉松の目線につけた。

吉松は八相に構えた後、切っ先を背後にむけ、刀身を担ぐように構えを変えた。折身突きの構えである。

すかさず、市之介は剣尖を吉松の柄を握った左拳につけた。八相に対応した構えである。

市之介は、すでに吉松と剣を交えていたが、

……大きな構えだ！

と、あらためて思った。

吉松の構えには、隙がないだけではなかった。構えの威圧で、吉松の大柄な体がさらに大きくなったように感じられたのだ。

だが、市之介は臆さなかった。全身に気勢を込め、剣尖に斬撃の気配を見せて気魄《きはく》で攻めた。

吉松の顔がひきしまった。吉松も市之介と対峙《たいじ》し、あらためて遣い手と感じたのだろう。だが、吉松は驚きの表情をすぐに消し、

「今日こそ、始末してくれる」

と、つぶやくように言うと、さらに全身に気勢を込めた。

ふたりは、およそ四間の間合をとったまま動かなかった。

ふたりは八相と青眼に構えたまま気合も発せず、牽制もしなかった。気魄で敵を攻めている。気の攻防といっていい。

痺れるような剣の磁場が、ふたりをつつんでいた。どれほどの時が流れたのか、ふたりには時の流れの意識はなかった。

吉松の背後にまわった糸川と成瀬も、剣尖を吉松にむけたまま動きをとめていた。ふたりとも、市之介と吉松の剣の磁場に呑まれていると言ってもいい。

そのとき、遠方で、「斬り合いだ！」という声がひびいた。通りかかった者が、刀を手にしてむかい合っている市之介や吉松の姿を目にしたようだ。

この声で、市之介と吉松をつつんでいた剣の磁場が裂けた。

「いくぞ！」

と、吉松が声をかけて先《せん》をとった。

対する市之介は動かなかった。剣尖を吉松の左拳につけたまま、間合と吉松の気の動きを読んでいる。

5

間合が狭まるにつれ、吉松の刀の柄を握った両拳がすこしずつ上がってきた。その動きに合わせ、背後にむけられていた吉松の刀身もしだいに高くなってきた。刀身が夕焼けを映じて血濡れたように赤く染まっている。

……折身突きか。

市之介は、すこしも驚かなかった。すでに、吉松の遣う折身突きと対決していたし、福山が見せた同じ動きも目にしていた。

吉松との間合がしだいに一足一刀の間境に近付いてきた。その動きにつれ、天空を突くように切っ先を真上にむけていた吉松の刀身がしだいに下がり、切っ先が市之介の胸の辺りまで来た。

吉松は切っ先を下げるのに合わせて腰を沈め、上半身を屈《かが》めるように倒してきた。

……折身か！

市之介は、吉松が折身の構えをとり始めたのを見てとった。

吉松は刀身をさらに下げ、上半身を前に屈めるように倒してきた。その動きに合わせ、右足を大きく前に出して、上半身を折ったように前に屈め、顔を上げて市之介を正面に見た。

吉松は、市之介を正面に見たまま面に隙を見せた。

刹那、市之介はわずかに身を引いた。ここから、吉松が折身突きをはなつと察知したからである。

イヤアッ！

突如、市之介が裂帛の気合を発し、吉松の面にむかって真っ向へ斬り下ろした。

次の瞬間、吉松の刀身が跳ね上がった。一瞬の動きである。

シャッ、と刀身と刀身の擦れ合う音がし、市之介の刀身が弾かれた。吉松は折身の構えから、市之介の刀身を跳ね上げたのである。

刹那、吉松の切っ先が、市之介の喉にむかって槍穂《やりほ》のように伸びた。折身からの神速の突きだった。

一瞬、市之介は上体を後ろに倒した。咄嗟の反応である。吉松の切っ先は、市之介の胸の先まで伸びてとまった。わずかに、届かない。

市之介は、吉松が折身突きをはなつ一瞬前にわずかに身を引いていた。さらに、市之介が上体を後ろに倒したため、吉松の突きがとどかなかったのである。

折身突きをはなった瞬間、吉松の動きがとまった。両足をひらき、両腕を前に伸ばしていたので、咄嗟に次の動きがとれなかったのだ。

……いまだ！

市之介は頭のどこかで叫び、一歩踏み込んで刀身を横に払った。

ザクリ、と吉松の右袖が裂け、あらわになった二の腕から血が噴いた。市之介の切っ先が、吉松の右腕をとらえたのである。

次の瞬間、吉松が後ろに跳んだ。そして、市之介との間合をとると、折身の構えからふたたび八相に構えなおした。吉松の右の二の腕から流れ出た血が、裂けた袖を赤く染めている。

市之介は青眼に構え、切っ先を吉松の目線につけた。

ふたりの間合は、三間半ほどである。

「折身の突き、やぶったぞ！」

市之介が、声を上げた。

「そうかな」

吉松が市之介を見据えて言った。

顔が怒張したように赤黒く染まり、双眸《そうぼう》が炯々《けいけい》とひかっている。まるで、手負いの猛獣のようである。

そのとき、吉松は八相から上段に構えなおした。天空を突くように刀身を垂直に立てている。大きな構えだった。その大柄の体とあいまって、大樹のような威圧感があった。右の二の腕からの出血が、赤い筋を引いて流れ落ちている。

……こやつ、まだ何か秘めている！

と、市之介は察知した。

折身突きではない。特異な技らしい。

吉松と市之介は、三間半ほどの間合をとったまま動かなかったが、先をとったのは吉松だった。

オオオッ！

獣の咆哮《ほうこう》のような気合を発し、間合をつめてきた。

……捨て身でくる！

吉松は相打ち覚悟で斬り込んでくる、と市之介はみた。

市之介は気を静めて、吉松との間合と斬撃の気配を読んでいた。

吉松は足裏を摺るようにして間合をつめてきた。さきほどの間の詰め方より動きが速かった。間合が狭まるにつれ、吉松はすこしずつ刀身を下げてきた。

……上段からの折身突きか！

市之介は、吉松が突きをはなつ気でいることを察知した。

吉松の刀身が、上段から下がってきた。切っ先が市之介の目線にむけられ、さらに喉のあたりまできた。

だが、吉松は立ったままだった。腰を沈めて、折身の構えをとろうとしない。

吉松が一足一刀の間境に迫ってきた。吉松の全身に、斬撃の気配が満ちてきた。

市之介にむけられた切っ先が、喉元から胸へと下がってきた。

このまま突いてくる！　と、市之介は察知した。

刹那、吉松の全身に斬撃の気がはしり、大柄の体が膨れ上がったように見えた。

次の瞬間、吉松の体が躍り、切っ先が電光のように市之介の胸を襲った。折身でなく、立ったままの突きである。

……きた！

と、頭のどこかで感知した市之介は、咄嗟に体を横に倒した。体が勝手に反応したといっていい。

次の瞬間、吉松の切っ先が、市之介の肩先をかすめて空を突いた。

市之介は、身を倒しながら刀身を横に払った。一瞬の反応である。

ザクリ、と吉松の脇腹が横に裂けた。

市之介は数歩横に動いてから足をとめ、吉松に体をむけた。青眼に構え切っ先を吉松の喉元にむけている。

吉松は、刀を手にしたまま立っていた。脇腹が裂け、ひらいた傷口から臓腑が覗いている。

吉松は獣の咆哮のような唸《うな》り声を上げ、手にした刀を振り上げて市之介に迫ろうとしたが、足が動かなかった。いっときすると、吉松は刀を取り落とし、両手で己の腹を押さえた。その指の間から、血が滴り落ちている。

吉松は両手で腹を押さえたままつっ立っていたが、腰から沈むようにその場にへたり込んだ。

市之介は吉松の脇に立つと、

「武士の情け！」

と、声を上げ、手にした刀を袈裟に一閃させた。

ひとは腹を斬られただけでは、苦しみながら半日ほども死なないことがある。とどめを刺してやるのが、武士の情けである。

市之介の切っ先が、吉松の首をとらえた。

吉松の首から、血が驟雨《しゅうう》のように飛び散った。吉松は血を撒きながら横に倒れた。悲鳴も呻き声も上げなかった。

横臥した吉松は四肢を痙攣させていたが、いっときすると動かなくなった。絶命したようである。吉松の周囲には、小桶で撒いたように血が飛び散っていた。

市之介は血刀を引っ提げたまま吉松の脇に立つと、

……恐ろしい男だった。

と、つぶやいた。

市之介の心ノ臓の動悸と、体のなかを駆け巡っていた血の滾《たぎ》りが、しだいに収まってきた。

糸川と成瀬が、刀を手にしたまま市之介に歩を寄せた。ふたりの顔には、凄絶な闘いを目にした高揚と安堵の色があった。

「旦那ァ！」

茂吉が声を上げて駆け寄ってきた。

6

市之介が朝餉《あさげ》の後、縁側に出て庭木に目をやっていると、玄関先でつると糸川のやり取りが聞こえた。糸川が訪ねてきたらしい。

市之介が縁側から座敷にもどると、廊下を歩く足音がして障子があいた。

「市之介、糸川どのと佐々野どのがみえましたよ」

つるが、いつものようにおっとりした声で言った。どうやら、彦次郎もいっしょのようだ。

「ここに通してくれ」

ふたりは、何か話があってきたのだろう、と市之介は思った。

つるが座敷を去り、糸川と彦次郎を連れてもどってきた。

糸川と彦次郎が座敷に腰を下ろすと、

「茶を淹《い》れましょうね」

そう言い残し、つるが座敷から出ていった。

その足音が遠ざかってから、

「青井に話しておきたいことがあってな」

と、糸川が声をあらためて言った。

彦次郎は殊勝な顔をして糸川の脇に端座している。

市之介は、吉松たちのことだろうと思った。市之介が、吉松を討って十日ほど経っていた。この間、糸川は大草と会って、事件の子細を話したはずである。市之介は吉松を討ってから糸川たちと会っていなかったので、どう始末がついたのか知らなかった。

「話してくれ」

市之介が言った。

「大草さまにお会いし、これまでのことをお話ししたのだ」

糸川によると、大草は、吉松、阿部、伊勢田の三人が中心になって材木問屋や呉服屋を強請《ゆす》ったことを聞き、さらにその金が吉松たちが出仕するための賄賂に使われたことを知ると、大層驚き、立腹したという。

「それで、伊勢田と吉松は斬り合いになったため、やむなく討ち取ったことをお話したのだ」

糸川が言い添えた。

「伯父上は、どう話されたのだ」

市之介は大草がどう言ったか気になった。

「町方に捕らえられる前に、立ち合いということで始末がついてよかった、と安堵されていたよ」

「そうか」

公儀の目付としては、幕臣の子弟である伊勢田が、町方に捕らえられることは避けたかったのだろう。

「阿部はどうなる」

市之介が訊いた。まだ、阿部は彦次郎の家の納屋に監禁されているはずだった。佐々野家としても、阿部の面倒をみるのは限界だろう。

糸川は答えずに、口をつぐんだまま彦次郎に目をやった。ふたりの顔に、戸惑いと憂慮の色が浮いた。

「何かあったのか」

市之介は、阿部の身に何かあったのではないかと思った。

「か、鎌で喉を切って、死にました」

彦次郎が声を震わせて言った。

「自害か」

「は、はい」

彦次郎によると、阿部は納屋の隅にあった古い鎌を見つけ、己の喉を掻き切って死んだという。

「うむ……」

市之介は、驚かなかった。

阿部は出仕の道はとざされ、右腕を斬られて自在に剣をふるうこともできなかった。しかも、商家を脅して大金を奪うという大罪も犯している。自害するしか、なかったのだろう。

市之介が口をとじると、座敷は重苦しい沈黙につつまれたが、
と、市之介が声をあらためて訊いた。

「ところで、泉八は」

「泉八は、野宮どのに引き渡すことにしたよ」

糸川が言った。

「罪状は」

野宮にしても、泉八が吉松たちの手先で動いていたことを理由に、縄をかけるわけにはいかないだろう。

「佐崎屋の番頭の松蔵が殺された件があるな。あの件は、野宮どのも探っていたのだ」

「承知している」

「松蔵を斬ったのは吉松たちだが、泉八も手引きしていたようだ。それに、泉八は吉松たちから金を貰い、その金で賭場へ出入りしていたらしい」

「賭場か」

「そうだ」

「いずれにしろ、泉八のような男は、たたけばいくらでも埃が出る。野宮どのが、うまく始末するだろう」

「これで始末がついたわけか」

市之介がほっとした顔をした。

市之介たちの話が一通り終わったとき、廊下を歩く足音がし、つると佳乃が姿を見せた。佳乃が湯飲みを載せた盆を手にしていた。茶を淹れてくれたらしい。

ふたりは座敷に入ってくると、市之介の脇に座し、佳乃が、

「粗茶でございます」

と、妙に大人びた声で言い、糸川と彦次郎の膝先に湯飲みを置いた。

佳乃は彦次郎の前に湯飲みを置くとき、彦次郎に顔をむけ、ぽっと頬を赤らめたが、彦次郎は佳乃の指先を見つめていたようで、顔色も変えなかった。

つるは、佳乃が市之介の膝先に湯飲みを置くのを見てから、

「みなさん、大事なお仕事も終わったようですね」

と、男たち三人に目をやりながら言った。

「母上、よく分かりましたね」

市之介が驚いたような顔をした。ちかごろ、事件のことはつると佳乃に話してなかったのだ。

「市之介を見ていれば、分かりますよ。このところ、やることもなく毎日退屈してましたもの」

「……」

いわれてみれば、そうだった。つるの言うとおり、市之介は家のなかでごろごろしていることが多かった。

糸川と彦次郎は湯飲みを手にし、笑みを浮かべている。

「ねえ、みんなで、どこかへ出かけましょうか」

つるが、身を乗り出すようにして言った。

すると、佳乃がつるの言葉を待っていたかのように、

「浅草寺《せんそうじ》に、お参りに行きましょう」

と、言い添えた。

「いいですねえ。市之介たちが無事にお仕事を終えたお礼参りをして、帰りに美味しいものでも食べましょう」

つづけて、つるが言った。

どうやら、女ふたりで相談してあったらしい。おっとりしているつるには珍しく、声に強いひびきがあった。

……ふたりに、押し切られそうだ。

市之介が、胸の内でつぶやいた。

糸川と彦次郎もふたりに圧倒されて断ることもできず、苦笑いを浮かべてつると佳乃に目をやっている。


（了）

本書は書き下ろしです。

実業之日本社文庫　最新刊

佐川光晴
鉄道少年
国鉄が健在だった一九八一年。ひとりで電車に乗っている男の子がいた——。家族・青春小説の名手が贈る、謎と希望に満ちた感動物語。（解説・梯 久美子）
さ61

沢里裕二
処女刑事 横浜セクシーゾーン
カジノ法案成立により、利権の奪い合いが激しい横浜。性活安全課の真木洋子らは集団売春が行われるという花火大会へ。シリーズ最高のスリルと興奮！

さ34

鳥羽 亮
三狼鬼剣 剣客旗本奮闘記
深川佐賀町で、御小人目付が喉を突き刺された。連続殺人と強請り。非役の旗本・青井市之介は、悪党たちを追いかけ、死闘に挑む。シリーズ第一幕、最終巻！

と212

畑野智美
運転、見合わせ中
電車が止まった。人生、変わった？ 朝のラッシュ時、予想外のアクシデントに見舞われた男女の〝今この瞬間〟を切り取る人生応援小説。（解説・西田藍）
は81

南 英男
特命警部 醜悪
闇ビジネスの黒幕を壊滅せよ！ 犯罪ジャーナリストを殺したのは誰か。警視庁副総監直属の特命捜査官・畔上拳に極秘指令が下った。意外な巨悪の正体は？

み75

実業之日本社文庫　好評既刊

鳥羽 亮
残照の辻　剣客旗本奮闘記
暇を持て余す非役の旗本・青井市之介が世の不正と悪を糾す！　秘剣「横雲」を破る策とは!?　等身大のヒーロー誕生。（解説・細谷正充）
と21

鳥羽 亮
茜色の橋　剣客旗本奮闘記
目付影働き・青井市之介が悪の豪剣「二段突き」と決死の対決！　花のお江戸の正義を守る剣と情。時代書き下ろし、待望の第2弾。
と22

鳥羽 亮
蒼天の坂　剣客旗本奮闘記
敵討ちの助太刀いたす！　槍の達人との凄絶なる決闘。目付影働き・青井市之介が悪を斬る時代書き下ろしシリーズ、絶好調第3弾。
と23

鳥羽 亮
遠雷の夕　剣客旗本奮闘記
目付影働き・青井市之介が剛剣〝飛猿〟に立ち向かう！　悪をズバっと斬り裂く稲妻の剣。時代書き下ろしシリーズ、怒涛の第4弾。
と24

鳥羽 亮
怨み河岸　剣客旗本奮闘記
浜町河岸で起こった殺しの背後に黒幕が!?　非役の旗本・青井市之介の正義の剣が冴えわたる、絶好調時代書き下ろしシリーズ第5弾！
と25

鳥羽 亮
稲妻を斬る　剣客旗本奮闘記
非役の旗本・青井市之介が廻船問屋を強請る巨悪の正体に迫る。草薙の剣を遣う強敵との対決の行方は!?　時代書き下ろしシリーズ第6弾！
と26

実業之日本社文庫　好評既刊

実業之日本社文庫　好評既刊

井川香四郎
桃太郎姫　もんなか紋三捕物帳
男として育てられた桃太郎姫が、町娘に扮して岡っ引の紋三親分とともに無理難題を解決！　歴史時代作家クラブ賞・シリーズ賞受賞の痛快捕物帳シリーズ。
い103

宇江佐真理
おはぐろとんぼ　江戸人情堀物語
堀の水は、微かに潮の匂いがした――薬研堀、八丁堀、夢堀……江戸下町を舞台に、涙とため息の日々に訪れる小さな幸せを描く珠玉作。（解説・遠藤展子）
う21

宇江佐真理
酒田さ行ぐさげ　日本橋人情横丁
この町で出会い、あの橋で別れる――お江戸日本橋に集う商人や武士たちの人間模様が心に深い余韻を残す、名手の傑作人情小説集。（解説・島内景二）
う22

梶よう子
商い同心　千客万来事件帖
人情と算盤が事件を弾く――物の値段のお目付け役同心が金や物にまつわる事件を解決する新機軸の時代ミステリー！（解説・細谷正充）
か71

風野真知雄
江戸城仰天　大奥同心・村雨広の純心3
将軍・徳川家継の跡目を争う、紀州藩吉宗ら御三家の陰謀に大奥同心・村雨広は必殺の剣「月光」で立ち向うが大奥は戦場に……好評シリーズいよいよ完結!!
か15

倉阪鬼一郎
大江戸隠密おもかげ堂　笑う七福神
七福神の判じ物を現場に置く辻斬り。隠密同心を助ける人形師兄妹が、闇の辻斬り一味に迫る。人情味あふれる書き下ろしシリーズ。
く42

実業之日本社文庫　好評既刊

実業之日本社文庫 と212

三狼鬼剣《さんろうきけん》　剣客旗本奮闘記《けんかくはたもとふんとうき》

2017年4月15日　初版第1刷発行

著　者　鳥羽《とば》 亮《りょう》

発行者　岩野裕一
発行所　株式会社実業之日本社
〒153-0044　東京都目黒区大橋 1-5-1
クロスエアタワー 8 階
電話 [編集]03(6809)0473 [販売]03(6809)0495
ホームページ http://www.j-n.co.jp/
DTP　株式会社ラッシュ
印刷所　大日本印刷株式会社
製本所　大日本印刷株式会社

フォーマットデザイン　鈴木正道(Suzuki Design)

ISBN978-4-408-55354-2（第二文芸）